Hilde Möller

Ohne mich geht gar nichts

Hilde Möller

Ohne mich geht gar nichts

Eine Liebesgeschichte

Impressum

Ausgaben:
eBook und Taschenbuch
Covergestaltung: Irene Repp
Digitalisierung: Gunter Pirntke

BROKATBOOK Verlag Gunter Pirntke
http://brokatbook.de
http://www.brokatbook-brokatmedia.com/
Mail: brokatbook@aol.com

BROKATBOOK Verlag

Druck und Bindung: Booksfactory

ISBN: 978-3955019310

Ohne mich geht gar nichts

FÜR DICH

1. Kapitel

Um es gleich vorneweg zu sagen - ich bin ein Sonderangebot. Entworfen wurde ich zwar in Italien - aber angefertigt hat man mich in China. Können Sie sich vorstellen, welche Reise ich hinter mir habe - Italien, China und dann... ein Kaufhaus in Mainz? Dort lag ich in einem offenen riesigen Kasten zusammen mit Hunden, Katzen, Hasen und vielen Enten.
Ach ja - ich bin auch eine Ente - hab ich das noch nicht gesagt?

Eines Tages traten zwei Frauen an meinen Container - na ja, meinen stimmt nicht wirklich, das Übertreiben liegt uns Enten ein wenig im Blut. Die ältere meinte: *„Ich möchte dir ein Stofftier schenken. Welches gefällt dir?"*
Die Jüngere überlegte einen Augenblick und griff nach einer kleinen Ente, die mir ziemlich ähnlich sah. Schade - hätte sie sich doch für mich entschieden, denn die beiden sahen wirklich sympathisch aus.
Auf dem Weg zur Kasse drehte sich die Ältere plötzlich um - sie hielt die Ente in Händen, kam zurück, legte sie wieder zu den anderen, griff nach mir und flüsterte: *„Du hast mich so flehentlich angeschaut - ich muss dich einfach mitnehmen!"*

Ich geb's ja zu, die Verschmähte tat mir schon ein bisschen leid - aber eben nur ein bisschen, denn innerlich schrie ich ganz laut: „Hurra" und damit begann meine Geschichte bei den beiden Freundinnen.
Als wir auf die Straße traten, meinte die Ältere: *„Die ist in Italien gemacht."* Sie untersuchte mich sehr genau und - oh Schreck - entdeckte den winzigen Zettel unter meinem schwarzen Schwänzchen 'made in China'. Ich merkte sofort, dass sie ein wenig enttäuscht war, aber sie sagte nichts und drückte mir einen kleinen Kuss auf meinen gelben Schnabel.
Wie gut sie roch!
Auf der Fahrt in mein neues Zuhause lag ich auf dem Schoß der Jüngeren, die natürlich auch längst das kleine Schild entdeckt hatte, aber entschlossen sagte: *„Das macht doch nichts. Ab heute gehörst du zu uns."*

'Ab heute gehörst du zu uns', das klingt wunderschön!

Am Abend - ich saß mittlerweile auf einem gemütlichen Sofa - nahm mich die ältere Frau nachdenklich in die Hand: *„Und wie nennen wir dich?"*
Im Grunde eine dämliche Frage, denn ich konnte ihr ja nicht antworten. Oder hatte sie gar nicht mich gemeint, sondern die andere Frau? Deren Blick wanderte von meinem grünen Kopf über meinen gelben Schnabel, den beige-braunen Flügeln und beigem Körper zu meinen gelben Entenfüßen.

„Ich weiß nicht", antwortete sie, schaute ihre Freundin an und fragte: „Fällt dir etwas ein?"

„Hm, wenn ich sie so betrachte, fällt mir bei ihrem grünen Kopf"..., sie zögerte, „fällt mir eigentlich Spinat ein."

Spinat...! Warum denn um Himmels willen Spinat? War die Frau verrückt? Wäre ich nicht doch lieber in dem großen Kasten geblieben und hätte auf andere, vielleicht klügere Käufer gewartet?

Aber dann horchte ich auf, als sie fortfuhr: *„Natürlich nicht das deutsche Wort 'Spinat', aber im Spanischen heißt Spinat espinaca - wie fändest du Espi als Name für unser Kuscheltier?"*

„Espi", die andere ließ den Namen auf der Zunge zergehen, während ich dachte, 'also Spanisch spricht sie auch', und mein Respekt wuchs wieder ein bisschen, nachdem er bei der Erwähnung von Spinat als Name für mich ziemlich tief gesunken war.

Die jüngere der beiden wiederholte noch einmal *„Espi"* - dann nahm sie mich in die Hand und sagte: *„Einverstanden, Espi ist ein schöner Name. Ab heute bist du unser Espi und hoffentlich findest du deinen Namen auch schön."*

Die andere Frau lachte. *„Du sprichst ja grade so mit ihm, als könnte er dich verstehen!"*

Aha, ab heute war ich also ein „Er" - was ein Name doch so ausmacht! Ich habe eigentlich gedacht, ich sei androgyn - das Wort habe ich in Mainz im Kaufhaus aufgeschnappt, als einem Kind erklärt wurde, warum die Kuscheltiere weder männlich noch weiblich seien.

Ich grinste innerlich aber auch über den Satz „als könnte er dich verstehen." 'Wenn du wüsstest', dachte ich und freute mich, dass ich ab jetzt ein Geheimnis, ein unendlich wichtiges Geheimnis vor den beiden hatte. Ich konnte an ihrem Leben teilnehmen, und sie würden nie wissen, was ich von ihnen und allem, was sie machen, mitbekomme. Ich fühlte mich zum ersten Mal in meinem Leben richtig stark und sogar ein bisschen mächtig!

Die jüngere Frau - ich musste endlich auch Namen für die beiden finden - wohnte offensichtlich nicht hier. Sie war aufgestanden, hatte sich ihren Mantel angezogen und griff nach mir. Die Ältere schaute sie entsetzt an: *„Du - du willst den Espi mitnehmen?"*

„Na ja, du hast ihn mir doch geschenkt oder?"

„Jaaa, schon, aber - aber du bist doch jeden Tag bei der Arbeit und ich bin zu Hause, ich kann doch ..."

„Was? Auf ihn aufpassen?" lachte die Junge. „Der läuft schon nicht weg." Sie betrachtete mich eingehend, als hätte ich die Wahl zu entscheiden, zu wem ich gehören wollte. Entschlossen setzte sie mich aufs Sofa zurück und meinte: *„Also gut - bleibt er halt hier bei dir in Mainz. In meiner freien Zeit bin ich ja eh immer bei dir."*

Die Ältere fiel ihr um den Hals. „Danke."

Ich konnte nicht so recht verstehen, wieso ich derart wichtig für sie sein sollte.

Und dann dachte ich: 'Vielleicht ist sie ja so einsam, dass ihr sogar ein Kuscheltier viel bedeutet.'

2. Kapitel

Allmählich kehrte in mein Leben so eine Art Routine ein. Tagsüber habe ich einen Stammplatz auf dem Schreibtisch und schaue meiner Besitzerin beim Tippen zu. Ob sie Schriftstellerin ist - weil sie so viel an ihrem Computer sitzt und schreibt? Am Abend darf ich vor dem Fernseher sitzen, obgleich mich nichts wirklich interessiert, was da gezeigt wird. Warum bringen sich so oft Menschen in den Filmen um? Mögen die sich nicht? Ist der Mensch im Gegensatz zu uns Enten eher gewalttätig eingestellt?
Na ja, das Philosophieren liegt mir auch nicht so, es strengt ziemlich an. Dafür überlegte ich mir dauernd, wie ich meine beiden Freundinnen nennen könnte. Schließlich brauchten sie auch einen Namen, ich kann doch nicht dauernd bei mir denken 'die Ältere' oder 'die Jüngere'. Das ist ausgesprochen langweilig, und mir haben sie ja auch ziemlich rasch einen Namen gegeben. Vor lauter Grübeln und Suchen brummte mir schon der Kopf.
Aber gestern war mir dann was eingefallen. Ob der Name der Jüngeren gefallen wird, werde ich natürlich nie erfahren - sie weiß ja nicht, welchen ich mir für sie ausgedacht habe.
Es war doch so, dass die Jüngere am ersten Tag einfach entschieden hatte, dass ich hier bleiben konnte.

Es gab keine Diskussion, sie sagte nur, *'also gut, dann bleibt er hier.'* Wenn ich mir das so überlege, ist das doch sehr bestimmend, will sagen - dominant.
Und wenn ich bedachte, dass sie bei mir auch nicht das vollständige Wort 'espinaca' genommen haben - Gott sei Dank, wie schrecklich 'Spinat' zu heißen, gleichgültig in welcher Sprache - muss es mir doch erlaubt sein, auch ein Wort abzukürzen. Dominant war viel zu lang, also entschied ich mich, die Jüngere ab sofort Domi zu nennen! Wie schade, dass ich sie nicht einmal ganz laut so rufen kann.
Muss doch beeindruckend klingen: Doooomi - richtig lang gezogen, damit sie es nicht überhören kann oder kurz: Domi oder zärtlich: Domilein. Ich merkte zwar schon bald, dass die junge Frau überhaupt nicht dominant ist - eher das Gegenteil ist der Fall. Ich muss das ein bisschen intensiver beobachten. Wenn ich mein Leben mit ihnen teilen will. Halt - umgekehrt - wenn sie ihr Leben mit mir teilen wollen, möchte ich unbedingt wissen, was die beiden für Menschen sind.
Ich warte erst mal das Wochenende ab, da will Domi wiederkommen, und dann hör ich einfach, wie sie die Ältere ruft. Vielleicht kommt mir dabei eine Idee.
Eine Idee? Das war vielleicht schwierig! Domi war da, aber sie sagte dauernd „Schätzchen", nie nannte sie einen Namen.
Bis auf vorhin. Ich hörte folgendes Gespräch zwischen den beiden, während sie sich einen Tee kochten:
„Weißt du, was Maria neulich meinte?"
„Ne, wie soll ich auch."

„Sie sagte, deinen Namen findet sie blöd. Sie würde dich ab sofort Charlie nennen."
„Warum denn das? Findet sie den etwa schöner?"
„Hm, er klingt interessanter als Charlotte. Mir gefällt er."
Mir auch, dachte ich. Danke Domi, du hast mir sehr geholfen, nun brauch ich mir keinen Namen mehr zu überlegen. Charlie und Domi - gewiss nicht sehr gebräuchlich, aber interessant. Und es gibt so viele Formen, wie ich sie aussprechen kann, auch wenn die beiden mich nicht hören werden. Eigentlich schade ...

Vor lauter Selbstgespräch hatte ich gar nicht mehr mitbekommen, was Charlie zu ihrem neuen Namen gesagt hat - nur noch den Schluss, als sie meinte: *„Es war mir schon immer egal, welchen Namen man mir gegeben hat. Eigentlich bedeutet das doch, dass man sich unsichtbar machen möchte, sozusagen als Schutz, damit man nicht erkannt wird. Kein Name - keine Identität! Komisch oder?"*
Fand ich auch! Ich merke schon, das Leben mit Menschen ist wahrscheinlich stressig - da gibt es ständig etwas zu hinterfragen, zu rätseln, immer muss man versuchen, hinter die Gedanken ihrer Gedanken zu kommen.
Domi hatte sie jedenfalls einfach in den Arm genommen - ich glaub wirklich, die mögen sich sehr. Oder ist es etwa... ach was, das geht mich doch nichts an.

*

Ich habe den Eindruck, ich wäre schon gaaanz lange hier. Charlie und Domi haben es mir aber auch sehr einfach gemacht, mich einzuleben. Sie sprechen mit mir, nehmen mich in ihre warmen Hände, ich darf mit, wenn sie mit dem Auto unterwegs sind und nachts - eigentlich darf ich darüber nicht sprechen, denn offensichtlich wäre es Charlie nicht so recht, wenn das raus käme - da darf ich nämlich ins Bett neben sie, und sie hat auch extra ein besonderes Handtuch für mich ausgesucht, mit dem sie mich dann zudeckt. Und wenn Domi da ist, nimmt sie mich mit ins Gästebett und ich fühl mich beschützt, wenn ich ihren Atem höre.
Warum ich nicht darüber sprechen soll, dass ich in ihrem Bett schlafe? Da ist vor ein paar Tagen etwas Seltsames passiert. Domi war nicht da, die wohnt woanders, aber das sagte ich ja schon. Charlie wollte gerade ins Bett gehen, als es ihr gar nicht gut ging. Das hat man richtig gemerkt - sie war blass und auch sehr ängstlich und hat sich so einen seltsamen Apparat um das Handgelenk gebunden, der dann anfing im Takt, bzw. in diesem Moment eben nicht im Takt zu piepsen. Ich glaube, Charlie nennt dieses Piepsen Puls und der schien nicht gut gewesen zu sein. Als sie schlafen ging, stellte sie das Nottelefon neben sich und - ich durfte nicht mit ins Bett.
Natürlich hörte sie nicht meine Empörung darüber, dass ich einfach so auf den Nachttisch gesetzt wurde, aber trotzdem erklärte sie es mir: *„Weißt du, Espi, wenn heute Nacht eventuell ein Doktor kommen muss,*

dann möchte ich nicht, dass er sieht, dass ich mit einem Kuscheltier im Bett liege."

Ich war entsetzt, und das musste sie gespürt haben, denn sie sprach gleich weiter: *„Die Leute lachen einen dann aus. Kuscheltiere - die hat man als kleines Kind, aber nicht als Erwachsener! Das wirkt lächerlich, und das möchten wir doch beide nicht, oder?"*

Was für ein Blödsinn - da tun Erwachsene so klug, so erhaben und so selbstständig und dann kuschen sie vor dem, was andere über sie denken könnten! Ich war enttäuscht - warum stehen die Menschen nicht zu dem, was sie empfinden, was sie freut und mit was sie sich normalerweise umgeben? Ist es so lebenswichtig, was andere von einem denken? Mir ist das total egal - na ja, ich habe auch keinen Kontakt zu irgendjemandem außer zu Charlie und Domi.

Doch einige Tage nach diesem Abend musste ich furchtbar lachen. Charlie und Domi hatten Besuch von einer sehr vornehmen Dame. Zuerst dachte ich, die hält sich aber für etwas ganz Besonderes - wie sie gesprochen hat, wie sie sich bei Charlie umgeschaut hat, diese heimlichen Blicke voller Neugier. Dabei wohnt Charlie wunderschön - es ist ein Haus mitten in Mainz - ich weiß nicht, wie der Stadtteil heißt. Ihre Wohnung ist so hell mit einer großen Terrasse, auf die sie wunderschöne Blumen und Sträucher gestellt hat und von der man über zahlreiche Dächer von Mainz schauen kann. Manchmal sitzen wir draußen, Charlie

liest, und ich betrachte die Umgebung und genieße die Wärme der Sonne.
Halt, davon wollt ich doch gar nicht sprechen. Sondern von dem Abend, an dem ich wieder einmal versteckt wurde. Charlie entschuldigt sich dann immer: *„Weißt du Espi, es ist besser so, ich möchte nicht, dass die Leute dich angrabschen."*
Dabei ist das nur eine Ausrede, sie steht einfach nicht zu mir!
Oder... nicht zu sich selbst? Darüber muss ich später nachdenken.
Als Domi kam, fragte sie natürlich gleich nach mir und meinte spöttisch: *„Hast du unseren Kleinen mal wieder versteckt?"*
Unseren Kleinen, klingt das nicht süß?
„Komm, lass gut sein, du weißt doch, wie Renate ist. Die würde das nie verstehen."
Mich wunderte, dass Domi nichts dazu sagte - ich glaub, sie würde mich auch verstecken. Die sind richtig feig, die beiden. Oder sind alle Erwachsenen so?

Diese Renate kam also und plötzlich haben alle so schrecklich vornehm gesprochen. Ich habe es deutlich im Nebenzimmer gehört. Ich glaube, die nennen das Konversation machen!
Ist auch egal. Es roch jedenfalls köstlich nach Essen, Gläser klirrten leise. Ich bekomme ja nie was zu essen. Dann werde ich wenigstens auch nicht dick!

Jedenfalls ist das ein Argument von Charlie, wenn ich ihr manchmal beim Essen zuschaue.
Und dann finde ich es wirklich amüsant, wenn sie stinkwütend auf sich ist, weil sie erst ein Stück Schokolade und dann ein Plätzchen und eine Praline und danach noch ein Stück Kuchen verschlungen hat. Warum tut sie das, wenn es sie so wütend macht, dass sie dauernd meckert *„ich bin zu fett"*! Ich sag ja, die großen Leute sind ziemlich komisch, ich werde wohl noch lange brauchen, bis ich hinter all ihre Seltsamkeiten komme.
Aber davon wollte ich auch nicht sprechen. Dauernd gehen meine Gedanken ihre eigenen Wege. Verständlich - schließlich müssen sie mit viel Neuem fertig werden.
Also es ging um Renate. Charlie hatte Musik aufgelegt, es herrschte eine gemütliche Stimmung, viel Lachen und Unterhaltung. Offenbar hatten sie ihr Vornehmgetue mittlerweile abgelegt. Doch unversehens hörte ich einen erstaunten Ausruf von Domi. Und dann Renate, wie sie verschämt meinte: *„Ja, den kleinen Hasi trage ich immer in meiner Handtasche. Ich hoffe, ihr lacht mich nicht aus."*
Diese Frau, der man das überhaupt nicht zugetraut hätte, trug ihr Kuscheltier immer bei sich! Natürlich gut versteckt in ihrer Handtasche - aber immerhin. Ich hörte, wie Domi aufsprang, zu mir ins Zimmer kam, mich nach nebenan trug und mich vorstellte: *„Das ist unser Espi!"*
„Ach, ist der süß!"

Was war mir diese Renate augenblicklich so sympathisch!
„Aber was soll sein Name bedeuten? Espi?"
Charlie fing an, ausführlich zu erklären, wie ich zu ihnen gekommen war und warum ich Espi hieß. Renate hatte mittlerweile einen kleinen Hasen aus ihrer Handtasche geholt und hielt ihn mir hin: *„Willst du mit ihm spielen, Hasi, das ist der Espi und der wohnt hier."*
Ich war völlig perplex, sie genieren sich ja gar nicht mehr und konnten sogar total offen mit ihren Kuscheltieren reden! Hasi tat noch sehr zurückhaltend - na ja, wenn ich den ganzen Tag in eine Handtasche gequetscht würde, wäre ich auch erst mal zurückhaltend.
Die drei Frauen aber unterhielten sich über Kuscheltiere. Charlie erzählte: *„Ich habe vor ein paar Tagen einen Journalisten gehört, der Leute anscheinend nach ihren Kuscheltieren befragt hatte. Alle hätten empört seine Fragen zurückgewiesen. Er meinte dann in der Sendung, es sei doch seltsam, über alles würde gesprochen, über die Mode, über das Geld, über die Bücher, die man liest, die Filme, die man sieht, ja, sogar über Sexvorlieben und andere intime Dinge, aber zu den Kuscheltieren bekenne sich niemand."*
Diese Renate und Domi nickten nur und sagten: *„Ist schon erstaunlich. Ob das daher kommt, weil es bedeutet, dass ein Teil von einem immer noch Kind geblieben ist? Und man das als negativ empfindet?"*

Warum eigentlich? Was ist am Kind-Sein negativ? Ich konnte nur den Kopf schütteln.
Und Domi erzählte weiter, dass in den Straßen von Mainz eine alte obdachlose Frau rumläuft mit einem Einkaufswagen, hoch beladen mit dem, was der Alten anscheinend noch gehört und auch dem, was sie so findet oder sammelt. Alles unwahrscheinlich verschmutzt und auch die alte Frau sei total verwahrlost.
„Aber stellt euch vor“, Domis Stimme klang fast ungläubig, *„auf all dem Kram saß obenauf ein kleiner Zottelbär - auch er schmutzig und ungepflegt und aus seinem Bauch quoll Holzwolle, mit der man, wie Ihr euch bestimmt noch erinnert, früher, bevor Plastik erfunden wurde, die Tiere ausgestopft hat, aber - das war der Frau offensichtlich völlig gleichgültig! Ab und an strich sie über die Nase des Bären, sprach mit ihm, stopfte die Holzwolle wieder zurück in seinen Bauch, jede Geste unwahrscheinlich zärtlich. Das hat mich so gerührt, dass ich ihr in ihre Blechbüchse einen großen Geldbetrag gelegt habe. Sie war mir gar nicht mehr so fremd.“*
Hasi und ich schauten uns an und dann mussten wir bis über beide Ohren grinsen, was bei ihm mit seinen langen Löffeln wirklich lustig aussah. Und seitdem sind wir Freunde.

3. Kapitel

Warum nur diese Aufregung und dieses unruhige Hin und Her?! Der halbe Kleiderschrank wird ausgeräumt, dann wird anprobiert, aussortiert - manchmal ziemlich verärgert, weil die Hose nicht mehr passt, ungeduldig wird sie in eine Ecke geschleudert und die nächste kommt dran. Ein Koffer wird angeschleppt - was haben die denn vor? Am Telefon spricht Charlie mit Domi über Reisen und Kofferpacken und von richtig Urlaub machen. Sie sprechen vom Meer - ich weiß nicht genau, was das ist - und über eine Stadt, die Cuxhaven heißen soll und über Bahnverbindungen und Koffer abholen.
Ich glaube, die wollen verreisen! Und iiich? Ob ich mit kann? Vielleicht im Koffer? Brrrrr, da ist es gewiss dunkel drin, und ich habe doch solche Angst vor der Dunkelheit. Die kommt sicher noch von meiner langen Reise von China nach Mainz - da war es auch oft so dunkel, und die meisten Hasen, Bären und Enten haben dauernd geheult - es war manchmal kaum zum Aushalten.
Mittlerweile habe ich rausgekriegt, dass es eine lange Bahnfahrt werden wird. Aber, Gott sei Dank, würden die Koffer vorher abgeholt.
„Nimmst du was zum Essen mit?“
„Nee und du, bringst du was zum Trinken.“

„Gute Idee und natürlich was zum Lesen."

„Vertrag ich nicht, da wird mir im Zug übel."

Ich weiß nicht, aber es gab schon klügere Unterhaltungen zwischen den beiden. Sie sind wirklich enorm aufgeregt, aber wohl mehr vor Freude als vor Spannung. Sie waren nämlich anscheinend schon oft verreist, waren sogar schon im Ausland gewesen. Und in Cuxhaven waren sie auch schon mehrmals, jedenfalls scheinen sie es gut zu kennen.

Endlich wird der Koffer zugemacht. War ein bisschen schwierig. Charlie musste sich draufsetzen, damit die Schlösser zuschnappen konnten. Ich hätte ihr ja gern geholfen, aber ich glaube, ich bin für so was zu leicht.

Was bin ich froh - mich hat sie nämlich nicht in den Koffer gepackt! Was für eine Erleichterung! Ob sie meine Angst gespürt hat? Denn sie hat ihre relativ kleine Handtasche gegen eine größere getauscht und gemeint: *„Espi, hier kommst du rein."* Das klang so, als wollte sie mich beruhigen.

Ich schaute zwar ein bisschen skeptisch auf das Ungetüm von Tasche, aber innerlich jubelte ich, weil sie mich nicht allein zu Hause lassen wird. Und dann hat Charlie noch hinzugefügt: *„Das wird für dich sicher ein großartiger Urlaub, denn du wirst einen süßen Spielkameraden bekommen."*

Na, das macht mich eher etwas misstrauisch - ich bin gern mit den beiden Frauen allein. Und was bedeutet eigentlich Urlaub? Ach, ab und an ist es wirklich nervig, dass ich nicht fragen kann und nichts erklärt bekomme. Es wird einfach angenommen, ich wüsste

über alles Bescheid, nichts wäre mir fremd und Erklärungen brauchte ich nicht. Einerseits ist das natürlich schmeichelhaft - die halten mich tatsächlich für allwissend. Ich gebe aber zu, es ist auch ein bisschen anstrengend - man tappt so oft im Dunkeln und das verunsichert.
„Heute gehen wir sehr zeitig schlafen, Espi", meinte Charlie. *„Morgen müssen wir früh raus und dann geht es auf große Fahrt."*

Es stimmte, der Wecker läutete schrecklich früh - ich bin richtig erschrocken, weil es draußen noch dunkel war.
Wo geht eigentlich die Sonne hin, wenn der Tag verschwindet?
Ich habe keine Zeit, über diese Frage nachzudenken. Statt wie immer gemütlich zu frühstücken, stürzte Charlie nur eine Tasse Kaffee runter und biss in einen Apfel, danach holte sie die große Tasche und steckte mich hinein: *„Für deinen Kopf lasse ich ein wenig vom Reißverschluss offen."*
Wie gnädig - dann brauch ich also im Bauch dieser Tasche nicht zu ersticken! Ich muss mich sowieso zwischen Sonnenbrille und Lesebrille, verschiedenen Tablettenschachteln und Portemonnaie, Schlüsseln, Kamm, Lippenstiften und Schminkbeuteln zurechtfinden, ich bin ja einfach oben drauf gepackt worden. Außerdem hängte sich Charlie die Tasche auch noch über die Schulter! 'Halloooo - merkst du nicht, dass

du mich ganz zusammendrückst?' Na, die Reise fing ja gut an!

Mit einem Taxi fuhren wir zum Bahnhof - dort ist mir alles vertraut - die Geräusche und die verschiedenen Gerüche und die Menschen, die nie Zeit zu haben scheinen, weil sie treppauf und treppab rennen, sogar auf der Rolltreppe laufen die noch. Das habe ich auf meiner langen Reise auch erlebt, denn oft wurden wir mit großen Lastern und dann wieder mit stinkenden Zügen transportiert.
Am Bahnhof wartete Domi bereits, die gestern vor dem Urlaub noch ihre Mutter in irgend so einem Vorort von Mainz besucht hatte - so hat es mir jedenfalls Charlie erzählt - ein bisschen traurig, weil Domi nicht bei ihr übernachtet hatte. Mich begrüßte sie zuerst, als sie meinen Kopf aus der Tasche herauslugen sah. Dann gab es erst den Begrüßungskuss für Charlie - mir wurde richtig warm, weil ich mich wieder einmal wichtig, nein, angenommen fühlen konnte. Allerdings spürte ich auch zum ersten Mal, wie viel Domi und Charlie ihre Freundschaft bedeutet - da ist eine Innigkeit, die mich schon sehr berührt. Schön, wenn man so jemanden um sich hat. Jäh fühlte ich mich trotz der beiden allein...
„Magst noch einen Kaffee trinken, der Zug hat Verspätung", fragte Domi.
„Typisch deutsche Bahn. Erreichen wir wenigstens noch den Anschlusszug in Frankfurt?"

„Nun beruhige dich doch. Wir haben ja absichtlich einen früheren Zug bis nach Frankfurt eingeplant."
Sie kauften jede noch an einer Theke mit einer Riesenauswahl an verschiedenen Broten und Sandwiches ein dick belegtes Brötchen, Domi mit Schinken, aber Charlie ist Vegetarierin, die nahm eines mit Käse und Salat. Ich fand es großartig, dass Charlie sich weigerte, uns zu essen - ich meine, die Tiere und wenn ich auch etwas Besonderes bin, gehöre ich doch ebenfalls zu den Tieren. Oder etwa nicht - nur weil ich aus Stoff und Wolle bin?

*

Der Zug nach Frankfurt war ein richtiger Bummelzug - an jedem kleinen Bahnhof hielt der an. Aber im Grunde war das gar nicht schlimm, so konnte ich aus dem Fenster gucken und alles bewundern, ohne dass das Draußen an mir vorüberflog.
Ja - ich konnte rausschauen, denn Charlie hatte ihre Tasche auf den kleinen Klapptisch gestellt, den Reißverschluss ein wenig weiter geöffnet und geflüstert: *„So Espi, nun wünschen wir dir eine gute Fahrt."*
Ich hätte sie umarmen mögen.

In Frankfurt mussten wir umsteigen, danach war es nicht mehr so gemütlich, denn der Zug raste durch die Landschaft. Außerdem hatte eine Frau, die neben Charlie saß, ganz affektiert auf meinen grünen Kopf geschaut, weil Charlie nicht schnell genug den

Reißverschluss zugezogen hatte. Und statt zu denken: „Schau du nur“, hat sie mich tatsächlich ein bisschen tiefer in die Tasche versenkt. Ich werde sie wohl nie verstehen - diese verlogene Scham. Gott sei Dank, konnte ich trotzdem noch ein bisschen was von der Umgebung sehen und auch von den Mitreisenden.

Domi und Charlie haben wenig gesprochen, dafür sorgten andere für Unterhaltung. Eine Frau telefonierte mit ihrem Handy - meine Herrn, wir konnten das gesamte Gespräch mitanhören:

„Hallo mein Schatzi - es war so schön mit dir letzte Nacht!“

Als würde uns das interessieren! Außerdem sprach sie dauernd weiter:

„Ja, hast recht, allein das Abendessen! Aber das war doch nicht alles!“ Schrecklich diese gurrende Stimme. Leider fuhr sie ja gleich fort: *„Das mit dem Kerzenlicht war eine Superidee, es hat uns erst so richtig in Stimmung gebracht, stimmt doch Schatzi oder? Und erst danach ...“*, sie stöhnte auf, das sollte wohl leidenschaftlich klingen, tat es aber nicht.

Merkte die Frau denn nicht, dass alle im Abteil ihr intimes lächerliches Geschwätz mitanhören konnten? Ich hätte mir am liebsten die Ohren zugehalten. Die Frau, die zuerst über mich so abfällig gelächelt hatte, bekam ein richtig fleckiges Gesicht vor Erregung, so sehr bemühte sie sich, kein Wort zu verpassen. Und alle andern taten zwar uninteressiert, aber man spürte genau, wie neugierig sie waren.

Nur eine junge Frau fragte nach einer Weile völlig ungeniert: *„Sollen wir auch noch Einzelheiten über ihre Bettgeschichten hören? War Schatzi wenigstens ein guter Liebhaber? Hat er ihn hochbekommen?"*

Bravo - endlich eine mit Mut, auch wenn ich überhaupt nicht verstand, was sie meinte mit 'hochbekommen'.

Aber die Anruferin war empört, wurde über und über rot, flüsterte laut und vernehmlich *„Schatzi, ich ruf dich später wieder an. Ich werde hier belästigt!"*

Halloooo, wer hat hier denn wen belästigt? Und dann regen die sich über Menschen wie Domi und Charlie auf, die ihr Kuscheltier überall mit hinnehmen!

Allmählich konnten wir die Stille genießen. Charlie hatte die Augen geschlossen, Domi las vertieft in einem Buch, und auch ich wurde von der gleichmäßigen Bewegung und dem gleichförmig dumpfen Geräusch des fahrenden Zuges müde. Ich wollte aber auf keinen Fall einschlafen, ich bin noch nie so elegant verreist und will jede Minute erleben.

Viel mehr habe ich doch nicht, weil ich nicht sprechen, mich nicht mitteilen und unterhalten kann! Mir bleibt also nur das Erleben und eigentlich habe ich den Eindruck, dass das viel, sehr viel ist.

Und dass ich mich gar nicht mitteilen könnte, stimmt so auch nicht - denn beide Frauen scheinen meistens zu spüren, was ich sagen möchte, was mich bedrückt oder beglückt. Wie hat Domi am ersten Tag gesagt: *„Du gehörst ab heute zu uns."*

Und genauso fühle ich mich und das beweist doch, dass sich die Gedanken sehr wohl übertragen. Und dass ich denken kann, haben beide hoffentlich längst schon gemerkt!

Am Mittag waren wir in Cuxhaven. Komischer Name! Viel gesehen habe ich nicht von dieser Stadt, denn die Fahrt ging gleich in einem Taxi weiter. Domi sagte zum Fahrer: *„Wir wollen nach Duhnen“* und nannte eine Adresse.
Das Taxi hielt vor einem allein stehenden weißen, hohen Haus. Ich versuchte, bis ins letzte Stockwerk zu schauen, aber ich war zu klein, mein Blick endete irgendwo auf der Hauswand. Mit einem Aufzug fuhren wir in den siebten Stock.
Und dann - unfassbar. Domi hatte sofort die große Balkontür aufgemacht, sie haben mich aus der Tasche befreit, gemeinsam sind wir auf den Balkon raus und ... da lag es, was die Menschen Meer nennen. Weit, unendlich weit dehnte sich die Wasserfläche, es herrschte wenig Wind, so dass nur kleine Wellen auf den Strand zurollten. Was für eine Aussicht! Und erst die Wohnung - einfach toll.
Ich frage mich, wenn die beiden hier so gern sind, warum ziehen sie nicht hierher? Ob das mit Domis Arbeit zu tun hat? Und mit Charlies Aufgaben? Bücher kann man wahrscheinlich auch hier schreiben oder? Die beiden sind doch so unzertrennlich! Da könnten sie zusammen ziehen, brauchten sich nicht mehr zu trennen. Das wollen sie doch. Ich habe vor

ein paar Tagen gehört, als sie über die Zukunft sprachen oder wie sie das nennen, als Domi sagte: *„Selbst wenn du eines Tages im Rollstuhl sitzen müsstest, ich würde dich nie verlassen."*
Auch wenn Charlie heftig protestiert hat - im Rollstuhl sitzen muss was Schreckliches sein - merkte ich trotzdem, wie sie das gefreut hat.
„Wollen wir gleich einen Spaziergang auf der Promenade machen?" Charlie war ganz zappelig. Der lange, nicht enden wollende breite Weg vor dem Strand ist also die Promenade.
Domi winkte leider ab: *„Ich bin froh, dass die Koffer da sind, dann können wir doch zuerst auspacken, danach zum Essen gehen und dann am Strand entlang bummeln. Außerdem kommt jetzt zuerst endlich die Überraschung für Espi."*

Mir wurde ziemlich komisch und mein Kuscheltierherz schlug bis zum Hals hinauf. Domi ging an ihre Tasche und holte - einen kleinen Tiger hervor. Nein, keinen richtigen! Nur ein Kuscheltier wie ich. Mein erster Eindruck war, 'mein Gott, sieht der gut aus, besser als ich. Hellbeiges Fell über das lauter braune, winzig kleine Herzen als Punkte verteilt waren.' Er lag anscheinend meist auf dem Bauch, die vier Beine von sich gestreckt, mit einem eindrucksvollen Kopf und glänzenden Augen. Ich schaute von Charlie zu Domi, die mich erwartungsvoll anblickten. Wie sollte ich nur reagieren? Und der Neue wusste es offensichtlich auch nicht, er wandte kein Auge von mir. Warum glotzte der mich so an?

„Espi, hier stell ich dir den Puntito vor. Den hat mir Charlie gekauft, nachdem sie dich nicht hergegeben hat, damit ich darüber nicht so traurig wäre. Erinnerst du dich? Wir haben den Kleinen Puntito genannt, ist auch ein spanischer Name und passt zu seinem Fell. Findest du ihn nicht auch schön?"

Natürlich ist der hübsch, sehr hübsch sogar! Aber genau das ist es ja! Es passt mir nicht! Ich bin einzigartig! Und möchte es bleiben!

Ich wusste nicht, was ich machen sollte, als Charlie mich nah neben Puntito setzte. Der versuchte mir was zuzuflüstern, ich musste mich sehr anstrengen, ihn zu verstehen: „Mach dir nichts draus, du hässliches Entlein. Die Ferien gehen auch mal zu Ende, und dann sind wir uns wieder los."

Na, das versprach ja ein schöner Urlaub zu werden!

Die beiden Frauen merkten natürlich nichts - wie sollten sie auch. Sie waren so überzeugt davon, uns eine Freude gemacht zu haben. Und vielleicht war Puntito auch nur so nervös wie ich und hat deshalb so kratzbürstig reagiert.

An diesem ersten Tag lernte ich noch etwas. Nachdem die Koffer ausgepackt waren - das ging viel schneller als das Einpacken - dazwischen hörte ich Charlies Stimme allerdings meckern: *„So wenige Kleiderbügel! Wie soll man denn damit zurechtkommen?"* Und Domis ein wenig spöttische Antwort: *„Du musst ja auch immer deinen halben Kleiderschrank mitnehmen."* Aber

das war bloß ein leichtes Geplänkel, ich spürte, wie sich die beiden über ihr Hiersein freuten.
Gegen Abend gingen wir endlich spazieren, Puntito in der Tasche von Domi, ich in der großen Tasche von Charlies Anorak, eingehüllt in ihre Wärme. Wir kamen am Ende des Spazierganges an ein wunderschönes Restaurant, wo es wieder köstlich duftete - ich glaube, in dieser Stunde dachten Puntito und ich das gleiche. 'Schade, dass wir nicht auch so etwas essen können.'
Als wir wieder zu Hause waren, setzten wir uns nochmals auf den Balkon und beobachteten, wie es immer dunkler wurde und die Sonne langsam im Meer versank. Endlich weiß ich also, wohin der Tag geht. Die Sonne versinkt einfach im Meer und das Tröstliche ist, am nächsten Morgen steigt sie auch wieder daraus auf.

4. Kapitel

Nach wenigen Tagen hatten wir, zumindest Puntito und ich - uns bereits derart gut eingelebt, als würden wir schon Jahre hier wohnen. Aber auch Charlie und Domi machten einen glücklichen Eindruck. Alles war richtig entspannt, so sagen die Menschen doch, wenn es ausnahmsweise keine Probleme gibt, oder? Lange Spaziergänge! In der Sonne liegen! Essen gehen - na ja, die beiden Frauen - für Puntito und mich hat sich ja in dieser Hinsicht nichts geändert. Manchmal denke ich, es ist doch sehr komisch, dass die Menschen dem Essen so viel Bedeutung beimessen, ich habe sogar oft den Eindruck, als wäre es für sie das Wichtigste auf der Welt. Nicht bei Domi und Charlie, für die ist es am wichtigsten, dass sie jeden Tag zusammen sein können. Ich versteh immer weniger, warum die sie nicht in Frankfurt oder Mainz zusammen wohnen. Sie scheinen so eng miteinander verbunden. Oder bilde ich mir das nur ein - weil ich es mir wünsche, dass wir drei nicht mehr getrennt werden? Na ja - ich weiß natürlich nicht, ob ihnen das passen würde, wenn sie wüssten, dass ich von uns *Dreien* spreche. Also gut, von uns Vieren, denn der Puntito würde sich das sicher auch wünschen. Mittlerweile haben wir sogar gemerkt, dass es doch schön ist, dass wir uns kennen gelernt haben. Er versteht mich und ich ihn, wir können zusammen über die Leute lachen, uns wundern oder sogar ärgern.

Heute ist etwas geschehen, was Puntito und ich immer noch nicht fassen können. Charlie hat - was sie sonst nie macht - beim Frühstück kurz in die Zeitung geschaut und ist total blass geworden.

„Julia, hör dir das an."

Ich habe natürlich längst mitbekommen, dass Julia meine Domi ist. Jedenfalls stellte sie ihre Tasse ab und schaute erstaunt in Charlies bleiches Gesicht. *„Was ist denn mit dir los? Leg die Zeitung weg - da steht doch nur Ärgerliches drin."*

„Weg legen, weg schauen, weg hören - genau daran wird die Welt zugrunde gehen."

„Halloooo, Charlie, wir sind im Urlaub. Du sollst dich erholen. Was ist denn passiert?"

Auch ich war wirklich gespannt, was Charlie so aufregte.

„Es geht um Hühnerfarmen!"

„Ja und - du isst doch sowieso kein Fleisch und schon gar keine Hühner."

„Darum geht es doch gar nicht. Sie haben verschiedene Hühnerfarmen in Deutschland geschlossen! Warum? Weil in diesen Höfen Furchtbares geschehen sein muss. Hör dir das an: Sie haben den Hühnern die Schnäbel gestutzt, damit sie sich nicht verletzen. Aber warum verletzen sie sich? Weil die Ställe, wo man sie einpfercht, so eng sind, - zwei Bierdeckel Raum für ein Huhn - dass die armen Tiere längst keine Federn mehr haben. Keinen Platz um zu

scharren. Und sich dann eben gegenseitig mit ihren Schnäbeln verletzen. Schau dir doch nur diese Bilder an! Einfach grauenhaft. Allein die Sprache: Männliche Küken sind ein unerwünschtes Nebenprodukt, weil sie später keine Eier legen. Und mästen lassen sich Hähne auch nur schlecht. Und jetzt hör gut zu. Jedes Jahr werden rund 40 Millionen männliche Küken, kurz nachdem sie geschlüpft sind, getötet. Entweder sie werden an den Stallwänden zerschmettert und das machen Frauen, Julia, Frauen! Oder man setzt sie auf ein Fließband, das sie zu einem Schredder transportiert.", Charlie schluckte, ich merkte genau, dass sie am liebsten losheulen würde. Doch dann sprach sie weiter: *„Julia – schreddern, weißt du, was das heißt? Ich habe einen Schredder für Unterlagen, von denen ich nicht möchte, dass sie jemand anderer liest. Die Schredder von diesen Höfen sind viel größer, und in solche Dinger stecken sie die kleinen Küken - lebendig!!!"*
Zärtlich nahm sie mich in die Hand, Tränen liefen ihr übers Gesicht: *„Sie sind so klein wie du, Espi, sie können sich nicht wehren, das Geräusch muss doch entsetzlich sein. Und - und wenn sie nicht geschreddert werden, vergast man sie. Was sind diese Leute nur für Ungeheuer!"*
Domi hatte sich mittlerweile auch die Zeitung genommen, und las ebenfalls aufmerksam - ich nehme an, den Artikel, über den Charlie eben so entsetzt gewesen war. Mir ist völlig unerwartet so komisch - nennt man das Übelkeit? Ich weiß es nicht, aber ich höre dauernd dieses Schreddern - das muss doch schrecklich sein, wenn die kleinen Knochen brechen und überhaupt ...

He - ihr da - ich möchte doch lieber wieder zurück in die Kiste mit den Kuscheltieren - die Menschen sind so gemein, so unbarmherzig.
Puntito hatte mich gehört, er flüsterte mir - selbst sehr entsetzt - zu: „Domi und Charlie machen so was doch nicht. Beruhige dich. Und außerdem - nicht alle Menschen sind so.“ Ich beneidete ihn um seine Gefasstheit - obgleich ich zugeben musste, dass er recht hatte.
In diesem Augenblick kniete sich Domi vor Charlie, umfasste sie mit beiden Armen und sagte: *„Charlie, ich verspreche dir, ich esse nie mehr Hühnerfleisch und während wir hier sind, überhaupt kein Fleisch. Einverstanden?“ „Ach Domi, Du bist die wunderbarste Freundin, die ich kenne. Ich habe aber noch eine Idee.“*
„Mach keinen Blödsinn, bitte! Die haben eine so starke Lobby, da kann doch ein Einzelner nichts erreichen. Da begibt man sich eher in Lebensgefahr!“
„Wie kommst du denn darauf, dass - nein, schau doch“, sie entnahm ihrem Koffer ein kleines gelbes Schild - ich kann einen Blick darauf werfen. Abgebildet ist eine grimmig schauende Kuh, ein wütendes Schwein und ein empörtes Huhn und darauf steht 'Artgerecht, statt ungerecht'.[1]
„Und was willst du damit?“
„Ich habe mehr als tausend solche Schilder, ich werde sie heute Abend überall in Duhnen aufkleben.“

---

[1] Quelle: Provieh Verein gegen tierquälerische Massentierhaltung e. V.

„Aber woher hast du denn all diese Dinger?"
„Ich habe sie mir irgendwann schicken lassen. Ich habe noch viel mehr zu Hause - und wenn ich auf Reisen gehe, nehme ich immer eine Menge davon mit. Und meistens gibt es genügend Gründe, sie zu verteilen."
Als Domi begeistert zustimmte, spürte ich, wie mir unversehens das Herz so richtig weit wurde - liebste Charlie und Domi, ihr beiden seid einfach einmalig.

Am späten Abend nahmen sie uns mit zu ihrem Einsatz, und wir konnten zuschauen, wie sie überall, vor allem an Restaurants, an Metzgereien und an Supermärkten diese Schilder aufklebten.
Ich hörte, wie Domi leise meinte: *„Und wenn es nur einen Menschen zum Nachdenken und zu Respekt gegen die Tiere anregt, haben diese Zettel schon etwas erreicht."*
Danke Charlie - danke Domi.

5. Kapitel

Ich habe Angst - hört mich denn keiner? Chaaaarliiie - Dooomie - helft mir - so helft mir doch, bitte, bitte helft mir ...

Der Tag hatte so gemütlich angefangen, auch wenn draußen ein Sturm tobte, dass es sich hier oben im siebten Stock schon ziemlich wüst anhörte. Nach dem Frühstück gingen die beiden Frauen mit mir und Puntito auf den Balkon, um sich über die Leute zu amüsieren, die in panischer Eile Hüte, Mützen und Jacken festhielten und von der Promenade fort in Richtung Dorf liefen.

„Das sind ja richtig hohe Wellen, die den Sandstrand überrollen", meinte Charlie und Domi gab ihr recht: *„Ja, da wird es heute nichts mit einer Wattwanderung oder einer Fahrt rüber zur Insel Neuwerk. Sie haben auch überall rote Fahnen gehisst, scheint alles nicht ungefährlich zu sein."*

Ich weiß nicht, ob sie wollten, dass ich mir das da unten richtig anschauen konnte - jedenfalls setzte mich Charlie einen Augenblick auf die Balkonbrüstung... ohne mich festzuhalten! Nur einen winzigkleinen Augenblick!

Plötzlich spürte ich, wie mich ein Windstoß erfasste.

Ich dachte noch, ich muss mich festhalten!

Hält mich denn keiner fest?

Nein ... ich stürzte und stürzte, trudelte hin und her, immer tiefer, immer schwindelerregender. Ich schrie so laut, dass ich glaubte, mir müsste die Stimme explodieren. Und ich hörte die Schreie von Domi und Charlie, aber sie hörten mich nicht! Niemand hörte mich! Niemand! Irgendwann schlug ich hart auf den Boden auf, und alles wurde schwarz um mich herum.

Langsam kam ich wieder zu mir. Was war denn das? Ich wurde ja nass und nasser. Immer hatte Charlie Angst gehabt, mich ab und an vorsichtig zu waschen. Wenn Domi riet: *„Der gehört aber auch mal gewaschen"*, hat Charlie stets ängstlich abgewehrt: *„Du weißt doch, er ist in China gemacht, da geht er bestimmt beim Waschen kaputt."* Und zum ersten Mal war ich dankbar dafür gewesen, aus China zu kommen, ich hatte nämlich überhaupt keine Lust aufs Waschen oder ein Bad.
Und jetzt - jetzt saugte sich mein ganzer Körper voll mit dem Regen, der auf mich niederprasselte! Warum kommen denn Domi und Charlie nicht? Sie müssen mich doch suchen? Ich bin ja nicht unsichtbar geworden. Wieder fing ich an zu schreien, aber wer sollte meine stummen Schreie denn hören? Mein Körper wurde immer schwerer - so fühlte es sich also an, wenn man als Kuscheltier starb? Ich weinte leise vor mich hin. Ich will noch nicht sterben... Ich will bei Domi und Charlie bleiben und ja - auch beim Puntito, der nur die ersten Tage so ein bisschen scheußlich zu mir gewesen ist. Nachher - ich glaube, es war nach dem Zeitungsartikel und unserer Aktion - haben wir

immer gemeinsam am Fenster gesessen, wenn die beiden Frauen nicht da waren, haben uns über die Leute amüsiert, vor allem, wenn sie weit, weit hinaus über das riesige Matschgebiet gewandert sind, sich alle Augenblicke bückend. Was die wohl gesucht haben, fragten wir uns immer wieder.

Später bekamen wir mit, dass die Leute seltene Muscheln gesucht haben und dass das kein Matsch ist, sondern das Watt - der Unterschied war uns nicht ganz klar. Ob er mich vermissen wird, der Puntito? Und wieder versuchte ich zu schreien.

Erschreckt spürte ich, wie eine große Hand mich aufhob und eine Männerstimme sagte: *„Na, du armer kleiner Kerl. Bist ja tüchtig nass geworden"*, und er drückte meinen Körper richtig fest zusammen.

'Au, aua, Sie tun mir weh', weinte ich, aber gleichzeitig konnte ich spüren, wie ich wieder viel leichter wurde, was mich den Schmerz schnell vergessen ließ.

„Wer hat dich denn verloren? Du bist ja so ein witziges Kerlchen mit deinem grünen Kopf und dem gelben Schnabel."

'He, Sie da, ich bin kein witziges Kerlchen. Ich bin Espi, und ich bin sehr wichtig. Zumindest habe ich das bis heute Morgen gedacht.' Espi, das hast du dir auch nur eingebildet! Domi und Charlie kommen ja noch nicht mal, um dich zu suchen!

Soll das bedeuten...? Wieder wurde mir schwarz vor Augen, als ich den Satz zu Ende dachte: Soll ich sie nun nie mehr sehen, nie mehr bei ihnen sein können,

nie mehr mit ihnen zurück nach Mainz fahren? Wieder schnürte mir die Angst die Luft ab.
Der Mann hatte mittlerweile ein großes buntes Taschentuch hervorgezogen und versuchte, mich trocken zu reiben. *„Da wird gewiss so ein kleines Mädchen oder auch Junge sehr traurig sein, dass sie dich verloren haben."*
'Das sind keine Mädchen oder Jungen, das ist meine Charlie und meine Domi und der Puntito. Warum kannst du mich nur nicht verstehen? Und warum kannst du mich nicht einfach zurücktragen zu dem großen Haus dort hinten.'
Suchend schaute ich mich um, so gut es aus der warmen Hand des Mannes heraus möglich war.
Wo hinten denn? Ich kann das Haus nicht sehen! Panik erfasste mich! Hat mich der Sturm so weit weg getragen? Dann werden Domi und Charlie mich nie finden, nie - nie!
Und was wird der fremde Mann mit mir machen? Er mag bestimmt für sich keine Kuscheltiere und wird mich in irgendeinen Mülleimer stecken. Ich muss ja schrecklich aussehen - meine Schönheit wird hinüber sein. Was will er denn mit einem so zotteligen Etwas wie mir anfangen?
Und wenn er Kinder hat? Ach, was ist nur aus meinem wunderschönen Leben geworden? Ich merke, dass ich wieder weine - vergeblich, die Menschen können meine Tränen ja doch nicht sehen.

*

„Weißt du was, du kleiner Kerl? Wir gehen erst mal zu mir nach Hause. Da kannst du dich aufwärmen und morgen, wenn das Wetter besser ist, gehen wir auf die Promenade und vielleicht finden wir ja das Kind, das dich sucht."
Das klang eigentlich sehr lieb und Kuscheltiere entsorgt dieser Mann offenbar auch nicht gleich, auch wenn sie ein bisschen angeschlagen sind. Und dass er auf die Suche gehen will, ist ja gut gemeint, aber er wird nicht auf Domi oder Charlie achten, sondern ein Kind suchen und dann...?
Er steckte mich in die große Tasche seines Regencapes, trat unter dem Vordach hervor, unter dem er wahrscheinlich ein wenig Schutz vor dem Regen und auch dem Sturm gesucht hatte und machte sich mit langen Schritten auf den Weg. Der Wind bauschte das leichte Cape auf und schüttelte mich dauernd hin und her - wenn es ein bisschen sanfter wäre, könnte ich es direkt als angenehm empfinden. Aber so? Und außerdem war da dauernd meine Angst, dass ich von Domi und Charlie nie mehr gefunden würde und was mich bei diesem netten Mann erwartete, wusste ich ja nicht.
Das sollte ich aber bald erfahren, denn nach einer Viertelstunde erreichten wir ein kleines, vernachlässigt aussehendes einstöckiges Haus, wo der Mann allein zu wohnen schien.
Allein! Nein, nicht allein! Was für ein Schreck! Als er mich aus der Tasche befreite und auf ein altes Sofa setzte, aus dem schon so komische Federn herausstachen, sprang ein Riesenkater neben mich und

fauchte, dass mir ganz bang wurde. Ich hätte ihm so gern erklärt, dass ich doch gar nichts von seinem Herrchen wollte! Dass ich nur nach Hause will! Nach Hause zu Puntito und zu meinen beiden Freundinnen. Aber auch er verstand mich nicht, funkelte mich nur drohend mit seinen gelben Augen an. Dabei sah er Puntito ziemlich ähnlich mit seinem getigerten Fell, aber er war mindestens tausendmal größer als ich. Na ja, das war wahrscheinlich übertrieben, trotzdem wäre ich so gern von ihm abgerückt. Seine Krallen, die er mich kämpferisch sehen ließ, waren wirklich furchterregend. Außerdem schnupperte er so komisch an mir herum - nein, ich fühlte mich nicht wohl.

„Tiger, nun lass doch den armen Kerl. Er macht dir ja nichts und zum Spielen für dich ist er auch nicht da. Morgen suchen wir diejenigen, die ihn verloren haben."

Die Worte erfüllten mich mit ein bisschen Hoffnung, und außerdem fand ich es sehr nett, wie er mit seinem Kater sprach. Kinder hatte er wohl selbst keine, und ich sah auch sonst niemanden. Aber Bilder auf einem kleinen Tisch von einem lachenden Paar - der Mann auf dem einen Foto war er wohl selbst, als er noch jünger war. Heute machte er keinen glücklichen Eindruck, eher einen sehr einsamen.

Langsam drang die Wärme, die hier im Haus herrschte, in mich und meinen immer noch nassen Körper und ich spürte, dass ich allmählich schläfrig wurde. Der Mann schaltete den Fernseher ein, hörte sich noch

den Wetterbericht an, während er sich ständig aus einer gelben Flasche etwas einschenkte, das sehr seltsam roch, und dann merkte ich, wie auch ihm die Augen zufielen und bald schon erfüllte sein Schnarchen den Raum.
Tiger hatte sich neben ihn gelegt, sein Kopf ruhte auf den Oberschenkeln des Mannes - sie scheinen sich gegenseitig ihr Alleinsein erträglich zu machen. Ein friedliches Bild - also verflog auch ein wenig von meiner Angst und ich versuchte, nicht an Charlie und Domi zu denken, sondern ein bisschen zu schlafen.
Wegen all der Aufregungen habe ich schließlich fest geschlafen, denn ich habe nicht gemerkt, wie der Mann ins Bett gegangen ist. Gott sei Dank, der Kater mit ihm.

Am Morgen sah der Mann gar nicht gut aus, und er roch auch so säuerlich. Er gab zwei Tabletten in ein Glas voll Wasser, dann kochte er sich einen Kaffee und aß im Stehen ein Brot - schmerzhaft die Erinnerung an die gemütlichen Frühstücksstunden bei Charlie und Domi. Dem Kater hatte er einen Teller mit Milch hingestellt, die dieser eifrig schlabberte.

Das Wetter schien sich beruhigt zu haben, und schon bald zog der Mann wieder sein altes Regencape an, verabschiedete sich von seinem Mitbewohner und packte mich abermals in die Tasche des Capes. Offensichtlich wollte er nicht unbedingt mit einem Kuscheltier in der Hand spazieren gehen. Ich war froh, dass das Cape aus einem durchsichtigen Plastikstoff war, so dass ich wenigstens was sehen konnte. Nachdem mich das schreckliche Wetter nicht mehr ablenkte, merkte ich, dass der Mann sehr ärmlich aussah. Seine Schuhe, seine Hose, alles wirkte ein bisschen verwahrlost. War er ein Bettler oder ein Obdachloser? Ich weiß zwar nicht genau, was das ist, aber Domi und Charlie haben auf einem Spaziergang darüber gesprochen, als wir einem uralten, heruntergekommenen Mann begegnet sind. Sie haben ihm Geld gegeben, weil er kein Zuhause hätte. Das hat Domi zumindest gesagt. Der Mann tat mir so leid, auch wenn er kein Obdachloser sein konnte, weil er ja ein Haus hatte und noch gar nicht so alt war.

Mittlerweile waren wir auf der Promenade angekommen und da uns gerade ein paar Kinder entgegenkamen, fragte der Mann, ob eines von ihnen ein Kuscheltier verloren habe. Ich war froh, dass er mich nicht aus der Tasche holte, denn sonst hätte eines ja behaupten können, ich würde ihm gehören. Aber alle schüttelten nur den Kopf und meinten ein wenig verächtlich: *„Kuscheltier! Das ist doch Babykram!"* Ich fragte mich allerdings, warum dann an jedem Rucksack irgendein kleines Tier hing, entweder ein Bär oder eine Katze oder ein kleiner Hund. Also wurden wir schon von den Kindern verleugnet! Eine komische Gesellschaft ist das.

An der Hecke, die die Promenade vom Strand trennte, lehnte ein kleines Mädchen, das einen sehr traurigen Eindruck machte. Der Mann ging zu ihm und fragte, ob es vielleicht ein Kuscheltier verloren habe. In diesem Augenblick kam eine Frau angerannt und schrie: *„Lassen Sie mein Kind gefälligst in Ruhe! Wollen Sie es mit einem Kuscheltier dazu bringen, mit Ihnen zu gehen? Sie dreckiger Herumtreiber. Und nach Alkohol stinken sie auch noch. Wenn Sie nicht sofort weitergehen, ruf ich die Polizei."*

Der Mann war völlig verstört, vor allem, als auch noch andere Vorübergehende auf ihn zu schimpfen begannen. Er versuchte eine Erklärung, aber niemand wollte ihm zuhören. Die Frau riss das Mädchen am Arm hinter sich her und schimpfte dauernd weiter: *„Noch nicht einmal hier ist man sicher vor diesen Kerlen. Ich hätte doch die Polizei holen sollen. Und du"*, schrie sie das verschüchterte Mädchen an *„du weißt doch, dass du dich nicht von Fremden ansprechen lassen sollst."*

Da in der Nähe eine Bank stand, setzte sich der Mann erschöpft hin. Nach einer Weile steckte er die Hand in die Tasche, in der ich mich befand, streichelte mich und meinte resignierend: *„Ja, mein Kerlchen, dann weiß ich nicht, wie ich das Kind finden soll, das vielleicht weint, weil du nicht mehr da bist."*

'Das sind keine Kinder, das sind Charlie und Domi!' Ich wurde immer verzweifelter. Aber vielleicht suchen sie doch noch nach mir. Nur - wie sollen sie vermuten, dass ich bei diesem netten Mann gelandet bin - sie werden ihn genauso übersehen oder sich von ihm abwenden, wie all die Leute hier, die eben einen solchen Aufstand gemacht hatten.

Plötzlich - ich traute meinen Augen nicht, sah ich meine beiden Freundinnen vorübergehen. Sie machten einen sehr niedergeschlagenen Eindruck, und Domi hatte beschützend den Arm um die Schultern von Charlie gelegt. Ich hörte, wie sie sagte: *„Wir finden unseren Espi, davon bin ich überzeugt. Wir werden jeden fragen, der hier vorbei geht. Außerdem haben wir doch gerade eine Suchanzeige in die Zeitung gegeben."*

„Ach, damit machen wir uns doch nur lächerlich: Die Leute werden sagen, die beiden spinnen wohl, nach einem verlorenen Kuscheltier zu suchen." Ich merkte, wie Charlie gegen Tränen ankämpfte.

Ich schrie, 'hier bin ich, hier, seht ihr mich denn nicht. Halloooo, hier bin ich, schaut doch hierher!'

Ich wollte aus der Tasche springen, zu ihnen laufen, aber sie gingen achtlos an dem Mann vorbei, der sich auf der Bank von seinem Schrecken erholte, während ich weiter schrie und weinte und rief. Umsonst! Ich hörte noch, wie Domi sagte: *„Du wirst sehen, sicher meldet sich bald jemand auf unsere Anzeige hin."*

6. Kapitel

Also noch eine Nacht bei dem Mann und seinem Kater. Es wiederholte sich wieder alles wie am Abend zuvor. Nur die Flasche holte der Mann diesmal nicht hervor. Ich wurde immer mutloser, konnte ich mir doch beim besten Willen nicht vorstellen, dass er je eine Zeitung kaufen würde, also könnte er auch die Suchanzeige nicht lesen, die Domi, wenn ich sie richtig verstanden hatte, aufgegeben hat.
Obgleich es mir hier gar nicht so schlecht ging, versank ich ständig tiefer in Verzweiflung. Denn nichts und niemand konnte mir jemals Domi und Charlie ersetzen. Beide gehörten doch zu meinem Leben...

In der Nacht lag ich oft wach. Einmal erschrak ich sehr, weil es mir war, als würde jemand in der kleinen Kammer nebenan weinen. Sagt man nicht immer, Männer weinen nicht? Ob das wegen dieser schrecklichen Frau gestern war? Armer Mann.
Helles Mondlicht schien durch die schmutzigen Fenster, ich konnte die Bilder auf dem kleinen Tisch dennoch erkennen, der wie ein Altar zurechtgemacht war - vielleicht der einzige Platz, der versorgt und gepflegt wurde. Es war ein Hochzeitsbild - wie schön die Frau aussah und wie der Mann sie so zärtlich

anlächelte. Und daneben Bilder von ihnen als sie älter waren. Auf jedem Foto machten sie einen so glücklichen Eindruck - das konnte ich nicht so recht im Zusammenhang mit dem Mann da nebenan bringen. Glücklich war der sicher schon lange nicht mehr.
Aber das waren doch gar nicht meine Probleme! Was würde geschehen, wenn Domi und Charlie die Suche aufgeben, wenn sie ohne mich nach Mainz zurückfahren würden? Ich kann und kann mir das einfach nicht vorstellen. Wir hatten doch ausgemacht, dass wir zusammen gehörten - die beiden hatten es mir versprochen und ich ihnen, auch wenn sie mich nicht gehört hatten.

Am nächsten Morgen gingen wir wieder los. Ich hoffte so sehr, Charlie und Domi zu begegnen, aber ich konnte sie nirgends entdecken. Der Mann war heute sehr vorsichtig, wenn er Kinder ansprach. Nach nur einer Stunde betrat er eine kleine Wirtschaft, wo er offenbar bekannt war. Er hängte das Regencape auf den Stuhl neben sich und nicht auf den entfernt stehenden Garderobenständer - so konnte ich ihn dauernd beobachten. Und vielleicht...
„Na, Johann, das Gleiche wie immer?“
„Nein, heute nicht. Gib mir einen Kaffee, bitte.“
„Ist was los?“
„Weiß nicht! Hab nur so ein Gefühl, als müsste ich heute nüchtern bleiben.“

„Ach komm, das haste dir schon so oft vorgenommen, das schaffst du nie. Warum dann die Anstrengung? Ich bring dir einen ordentlichen Schnaps, und dann sieht die Welt wieder anders aus."

„Nee, lass mal, ich möchte wirklich nur einen Kaffee."

Der Mann hieß also Johann: Ein schöner Name. Ich sagte ihn ein paar Mal vor mich hin, vielleicht konnte er das spüren und dann würde er auch merken, wie ich dauernd auf die Zeitung schaute, die auf einem der Nebentische lag.

'Schau rein, bitte, bitte schau rein', flehte ich mit all meiner Kraft. Das musste sich doch übertragen. Hatte nicht die Domi immer gesagt, wenn man sich etwas heftig wünscht, mit all seiner Kraft, dann wird es gespürt, auch wenn es ein Kuscheltier ist, das sich etwas wünscht.

Der Mann, den ich ab jetzt Johann nennen konnte, schaute sich in dem trostlosen Lokal um, in dem es nach Zigarettenrauch und Alkohol stank. Etwas blitzte in seinen Augen auf, das mir wie eine Mischung aus Trauer, Scham aber auch leiser Hoffnung vorkam.

Der Wirt servierte den Kaffee, bot nochmals einen Schnaps an, den Johann wieder ablehnte. Stattdessen fragte er: *„Hab schon so lang keine Zeitung mehr gelesen. Gibt's was Neues, was man wissen müsste."*

„Bei uns passiert doch eh nichts! Ja, in Cuxhaven da hat es einen brutalen Überfall auf einen Obdachlosen gegeben. Sie haben ihn so zusammengeschlagen, dass er in Lebensgefahr schwebt."

Ich spürte, wie Johann zusammenzuckte. Gewiss erinnerte er sich an die gestrige Szene. Ich wünschte, ich könnte ihm helfen. Aber was konnte ich, das verloren gegangene Kuscheltier, schon für ihn machen? Vor lauter Mitleid hätte ich fast nicht gehört, was der Wirt noch sagte, aber dann tönten seine Worte wie laute Donnerschläge in mir nach. Er erzählte Johann und seine Stimme klang unwahrscheinlich spöttisch: *„Stell dir vor, da ist doch tatsächlich eine Suchanzeige nach einem Kuscheltier drin. Das sind die Sorgen, die die Leute hier haben. Natürlich Touristen. Ein Kuscheltier - die kriegt man doch in jedem Billigladen zu kaufen."*

„Ein Kuscheltier sagst du?" Johanns Stimme klang schlagartig wach und sehr interessiert.

„Sag bloß, du interessierst dich für so einen Quatsch. Du bist heute wirklich sehr seltsam, mein Lieber. Muss ich mir Sorgen machen?"

Johann stand auf, ohne weiter auf den Wirt zu achten, ging an den Nebentisch, nahm die Zeitung.

Na endlich! Ich hab's doch gewusst, ich hatte die Kraft, Menschen zu etwas zu bringen. Dass es der Wirt gewesen ist, der von dieser Anzeige gesprochen hatte, verdrängte ich wohlweislich.

Johann blätterte ungeduldig in den schmuddeligen Zeitungsseiten, dann schien er gefunden zu haben, wonach er gesucht hatte. Leise las er, ich konnte es dennoch deutlich hören: *„Kuscheltier verloren gegangen. Es handelt sich um eine Ente mit einem grünen Kopf, sehr auffallend. Bitte melden sie sich im Haus Meereswellen in*

Duhnen, wenn sie das Tierchen gefunden haben. Finderlohn ist garantiert."
„Warum hat man denn keine Telefonnummer angegeben? Komisch. Nun, dann muss ich eben dorthin", murmelte er. Als der Wirt kurz rausgegangen war, riss Johann rasch dic Anzeige aus der Zeitung. Und dann hatte er es sehr eilig. Er bezahlte den Kaffee, zog sein Cape an, ich spürte seine Hand in der Tasche, wie er mich einen Augenblick fast liebevoll drückte und leise meinte: *„Nun hat sich die Suche doch noch gelohnt, kleiner Kerl. Man soll halt nie aufgeben. Wir gehen sofort dorthin. Ich bin richtig gespannt, wem du so wichtig bist, dass er eine Suchanzeige in der Zeitung aufgibt."*

Ich jauchzte innerlich. Die Tasche war plötzlich viel zu eng, ich dachte, ich müsste vor lauter Freude platzen, weil mein Körper zu klein wäre, all diese Gefühle auszuhalten.

*

Etwas ratlos stand Johann vor dem weißen Hochhaus mit dem großartigen Namen „Meereswellen". Da war es - ganz nah - mein Zuhause! Na ja, mein Zuhause ist in Mainz bei der Charlie, aber für mich war es überall dort, wo Charlie oder Domi wohnten! Und im Augenblick leben sie eben hier - im siebten Stock, mit Blick aufs Meer und die Promenade.
Johann war von der Straße aus gekommen, vergebens versuchte er, die Tür zu öffnen und einen Hinweis auf

den Hausmeister gab es auch nicht. Hoffentlich gibt er nicht auf, dachte ich aufgeregt. Ich hätte ihm so gern gesagt, dass er vom Strand her ins Haus kommen musste. Hilflos wartete ich auf seine Reaktion. Nach einer Weile ging er tatsächlich nach hinten, suchte nach Namen auf den Briefkästen und klingelte bei Herrn Hauser, dem Hausmeister. Gott sei Dank, war er da. Mit einem unfreundlichen Blick musterte er Johann: *„Was wollen Sie hier?"*

Warum sagte er nicht zuerst wenigstens Guten Morgen? Johann blieb erstaunlich ruhig, meinte: *„Ich suche jemand, der in der heutigen Zeitung eine Annonce aufgegeben hat."*

„Hier hat niemand irgendetwas aufgegeben. Haben Sie nicht das Schild gelesen 'Betteln und Hausieren verboten'?"

Ich spürte, wie eine ungeheure Wut in mir hochstieg. Dieser arrogante Lümmel, was erlaubte der sich.

In diesem Moment war es, als würde Johann um 10 Zentimeter wachsen, er hatte sich hoch aufgerichtet, und seine Stimme klang nicht mehr bittend oder gar unterwürfig. Er schaute dem Hausmeister direkt in die Augen und sagte: *„Diese Adresse hier wurde in der Suchanzeige aufgegeben. Ich möchte unverzüglich zu diesen Leuten. Melden Sie mich bei Ihnen an, ich bin Dr. Johann Eisler."*

Mein Gott - Johann! Warum dann dieses Leben und diese Kleidung und das verwahrloste Haus, wo du allein mit einem Kater lebst?

Der Hausmeister murmelte: „Jaja *und ich bin der Kaiser von China*", aber er war wesentlich kleinlauter geworden. „*Kann ich mal die Anzeige sehen?*", fragte er wenigstens halbwegs höflich. Johann reichte ihm die herausgerissene Seite, auf der er vorhin noch schnell etwas angestrichen hatte.

In diesem Augenblick hörten wir, wie der Aufzug quietschend hielt und... Charlie ausstieg. Ich jubelte, rief, schrie 'Charlie, Charlie ich bin wieder da', aber wie immer konnte sie mich ja nicht hören.
„*Herr Hauser, hat sich irgendjemand auf unsere Anzeige hin gemeldet?*" Wie traurig und hoffnungslos ihre Stimme klang, und dabei hätte sie doch nur genauer hinschauen müssen, dann hätte sie mich vielleicht in Johanns Capetasche entdeckt.
Dieser drehte sich zu Charlie um und meinte: „*Ich bin gerade dabei, diesem Herrn hier zu erklären, dass ich unbedingt zu Ihnen möchte.*"
Charlie blickte ihn verdutzt an, dann wurden ihre Augen groß und rund: „*Haben Sie - haben Sie unseren Espi gefunden?*"
„*Ob er Espi heißt, weiß ich nicht. Aber den kleinen Kerl habe ich vorgestern auf der Straße entdeckt*", und vorsichtig zog er mich aus seiner Tasche.
„*Espi!*" Charlie nahm mich in ihre warmen Hände, ihre Stimme schwankte, so, als müsste sie wirklich gegen Freudentränen kämpfen und unerwartet fiel sie Johann um den Hals: „*Sie wissen gar nicht, welche Freude Sie uns machen. Vielen, vielen Dank. Sie hätten ihn*

ja genauso gut im Regen und Schlamm liegen lassen können, aber Sie haben sich die Mühe gemacht, ihn aufzuheben und sogar noch, ihn uns wieder zurück zu bringen. Kommen Sie", sie drängte den etwas verlegen dastehenden Johann in den Aufzug, *„Sie müssen unbedingt mit rauf gehen und meine Freundin begrüßen. Sie wird sich genauso freuen wie ich. Wir haben so sehr nach unserem Espi gesucht."*
Johann fragte zögernd: *„Hat ihre Enkelin oder ihr Enkel dieses Kuscheltier verloren?"*
Hihihi - Enkelin - Enkel! Aber dann vergaß ich das Lachen, und war nur noch ungeheuer gespannt, was Charlie, die mich immer noch fest an sich drückte, antworten würde, sie, die mich doch immer versteckte, oder besser gesagt, sich selbst mit ihren Gefühlen versteckte. Zu meinem Erstaunen, mehr aber noch zu meiner Freude hörte ich sie antworten: *„Nein, er ist der Talisman von meiner Freundin und mir und bedeutet uns sehr viel."*
Ich merkte, dass in Johann so etwas wie Bewunderung hochkam. *„Das findet man aber wirklich selten, dass Erwachsene sich so freudig zu ihrem Talisman, will sagen, zu ihrem Kuscheltier bekennen."*
Ja, Johann, da hast du recht, das passiert sehr selten und auch meine Freundinnen sind eher darauf bedacht, dies nicht so offen zuzugeben. Was müssen sie eine Angst um mich gehabt haben!
Johann sagte, bevor sie im siebten Stock ausstiegen: *„Wir haben uns noch gar nicht gegenseitig vorgestellt."*
Einen Augenblick schaute er zögernd an sich herunter

- verglich er etwa sein Aussehen mit dem von Charlie? Das war doch gar nicht wichtig. Aber vielleicht ist das bei Menschen eben doch ausschlaggebend, wie sonst hätte Charlie einen so vollen Kleiderschrank und so viel in den Koffer gepackt? Aber dann hatte sich Johann wieder gefasst und fuhr fort: *„Ich bin Dr. Johann Eisler."*
Wie stolz war ich auf meine Charlie, dass sie den Fremden weder erstaunt musterte noch zögerte, als sie ihm die Hand hinstreckte und meinte: *„Ich bin Charlotte Berger. Meine Freundin und ich verbringen unseren Urlaub hier, den wir gleichzeitig auch ein wenig zum Schreiben nutzen wollten. Aber die Angst, dass wir unseren Espi eventuell verloren hätten, war so groß, dass wir nur noch unterwegs waren, um ihn zu suchen."*
'Stimmt - und ihr seid gestern einfach blind an mir vorbeigelaufen.'
Johann fragte: *„Sie sind Schriftstellerinnen, hab ich das richtig verstanden?"*
Charlie meinte: *„Ja, wir schreiben beide"*, war Charlies einfache Antwort.
Mittlerweile hielt der Aufzug im siebten Stock. Charlie holte den Schlüssel aus ihrer Hosentasche und als sie die Tür aufschloss, erklang von drinnen Domis enttäuschte Stimme: *„Du bist schon zurück? Das ging aber schnell. Also hat Herr Hauser auch nichts auf die Anzeige hin gehört."*
Was liebte ich in diesem Augenblick Domis Stimme mit ihrem leicht hessischen Singsang. Charlie antwortete nicht, so dass Domi erstaunt zur Tür kam,

wo ihr Blick zuerst auf Johann fiel, dann auf Charlie und danach nur noch ein Freudenschrei, als sie mich entdeckte: *„Espi, du bist wieder da! Was haben wir dich vermisst und gesucht. Du armer Kerl, einfach so vom Balkon zu fallen und so lange draußen zu liegen.“*
Sie wandte sich an Johann: *„Haben Sie ihn gefunden?“*
„Ja, aber schon vor zwei Tagen. Ich war zufällig bei diesem Sturm unterwegs, und da sah ich ihn im Nassen liegen und habe ihn einfach mit nach Hause genommen.“
„Das gibt es heutzutage noch? Sie haben sich trotz des Dreckwetters nach einem nassen Kuscheltier gebückt?!“
Sie schwieg einen Augenblick, dann sagte sie sehr leise: *„Danke.“* Ihre Stimme strömte eine solche Dankbarkeit und gleichzeitige Sympathie aus, dass ich ganz gerührt war. Es stimmte ja auch - Johann war ein toller Mensch!
„Sie machen mich ganz verlegen. Ich dachte halt, dass irgendwo ein kleines Kind weinend nach seinem Kuscheltier ruft, und das tat mir sehr leid“, sagte Dr. Johann Eisler mit einer liebevollen Selbstverständlichkeit.
Domi sah ihn unverwandt an und meinte: *„Ich habe mich noch gar nicht vorgestellt. Ich heiße Julia Kerner“*, und sie streckte ihm ihre Hand hin, die er zögernd ergriff.

7. Kapitel

„Darf ich Sie zu unserem Frühstück einladen?“, wie schüchtern Domis Stimme klang. Dabei hätte ich am liebsten gesagt: ‘Ja, mach das, der arme Johann hat noch nichts gegessen.’ Das stimmte zwar und ein leckeres Frühstück tat ihm gewiss gut, vor allem aber wollte ich, dass er noch ein Weilchen da bliebe.

„Ich will Sie aber nicht stören. Ich wollte nur den Espi nach Hause bringen“, und er wandte sich mir zu, der ich schon wieder einen Ehrenplatz auf dem schön gedeckten Frühstückstisch bekommen hatte. Vor lauter Freude darüber, dass Puntito wieder ganz nah neben mir saß und ich spüren konnte, dass auch er sich freute, dass wir wieder zusammen waren, hätte ich fast nicht gehört, was Johann noch sagte. Er meinte nämlich: *„Ich habe mich zwar bemüht, es ihm auch bei mir angenehm zu machen, aber er war gewiss sehr unglücklich.“*

‘Das kannste laut sagen! Aber nun ist doch alles vorbei, weil du, Johann, nicht aufgegeben hast.’

Die Drei ließen sich am Tisch nieder, und ich war so stolz auf meine Freundinnen, weil sie sich nicht an Johanns Aufzug störten, während es ihm selbst immer noch ziemlich unangenehm zu sein schien. Aber dann entspann sich eine so lebhafte Unterhaltung, dass alles andere unwichtig wurde.

Charlie und Domi erzählten ihm, wie sie mich gekauft hatten und dass ich einfach zu ihnen gehörte. *„Vielleicht verstehen Sie das nicht so wirklich. Espi ist ja kein lebendiges Wesen."*
'He, Charlie, was sagst du denn da? Ich bin nicht lebendig - ICH!?'
Charlie hatte schon weiter gesprochen: *„Er ist sozusagen eine Art Mittelsmann zwischen uns"*, und sie schaute zärtlich zu Domi, die den Blick lächelnd erwiderte. *„Wir wissen, dass alles furchtbar übertrieben klingt, aber es ist nun mal so - wenn wir ihn verloren hätten..."* Sie sprach nicht weiter. Aber Domi beendete den Satz: *„Und da haben Sie sich unseres kleinen grünköpfigen Kuscheltieres erbarmt. Einfach wunderbar."*
Ich merkte, dass Johann so viel Aufmerksamkeit verlegen machte, und anscheinend merkten es Charlie und Domi auch, denn sie wechselten das Thema, Charlie sprach von ihrer Schriftstellerei, von den Lesungen und warum ihnen Duhnen so gut gefiel, dass sie versuchten, so oft wie möglich ihren Urlaub hier am Meer zu verbringen, aber wegen Julias Arbeit nicht hierher ziehen könnten.
Auch Johann fing nun zögernd an, von sich zu erzählen.
„Ich bin genau genommen nicht von Duhnen. Gelebt habe ich in Hamburg, hier haben meine Frau und ich nur seit Jahren unseren Urlaub verbracht." Er nahm einen großen Schluck Kaffee, und ich konnte seine Unsicherheit direkt spüren, als würde er sich im Stillen fragen, ob er überhaupt Persönliches von sich

erzählen sollte. Ich versuchte, seinen Blick einzufangen, um ihm Mut zu machen. Jeder konnte doch merken, dass es unendlich wichtig für ihn wäre, wenn er von sich sprechen könnte. Woher haben wir Kuscheltiere eigentlich so ein starkes Einfühlungsvermögen? Vielleicht daher, weil wir in der intimsten Nähe unserer Besitzer sind und sie ständig beobachten können, ohne äußerlich Stellung nehmen zu müssen zu allem, was sie tun, denken und - nicht tun.

Domi und Charlie unterbrachen nicht Johanns Schweigen. Sie warteten ab, zu was er sich entscheiden würde.

Johanns Stimme klang sehr rau, als er anfing: *„Ich bin Tierarzt, hatte meine Klinik in Hamburg zusammen mit meiner Frau, die auch Tierärztin war."* Er schwieg und fügte dann rasch, als wolle er den nächsten Satz so schnell wie möglich loswerden, hinzu: *„Meine Frau ist tot, und ich bin schuld an ihrem Tod."*

Deshalb dieses traurige Leben, das er führte! Aber warum war er daran schuld?

Wieder respektierten meine Freundinnen Johanns Verstummen. Charlie zerkrümelte ein kleines Stück ihres Brötchens und schaute - wahrscheinlich völlig zufällig - zu mir herüber. Ich hätte ihr so gern gesagt, sie solle Johann ein bisschen entgegen gehen - sollte irgendetwas sagen, was es ihm möglich machen würde, weiter zu sprechen. Aber gleichzeitig hatte ich das Empfinden, dass ich diesmal nicht recht hatte - sie musste schweigen, es gab gar keine andere Mög-

lichkeit, als zu warten und Johann die Freiheit zu lassen, selbst zu entscheiden, was er von sich preisgeben wollte.
Noch während ich darüber grübelte, stand Johann auf. *„Entschuldigen Sie, aber ich glaube, es ist besser, wenn ich gehe. Ich danke Ihnen für das Frühstück und vor allem für Ihre Freundlichkeit."*
„Nein, nein, wir haben zu danken", erklangen wie im Chor die Stimmen der beiden Frauen. Und dann bat Domi: *„Herr Eisler - kommen Sie wieder, bitte, kommen Sie wieder. Sie sind jederzeit herzlich willkommen. Wir sind ja noch zwei Wochen hier."*
Charlie schaute bei diesen sehr spontanen Worten ein wenig erstaunt auf Domi, nein, nicht erstaunt - eher irritiert. Warum denn? Sie hat Johann doch nur eingeladen!
Johann verabschiedete sich, nicht ohne mir noch kurz über den Kopf zu streichen: *„Mach's gut Kleiner. Du hast es hier wirklich schön, und ich bin froh, dass ich dich an diesem stürmischen Tag gefunden habe. Und wenn du wieder auf den Balkon gehst, halt dich gefälligst fest."*
Warum war mir zum Heulen zumute? Ich habe mir sogar kurz überlegt, wie gut, dass ich mich nicht festgehalten habe, sonst hätte ich ihn ja nie kennen gelernt.

Als Johann gegangen war, fragte Charlie mit einer etwas spitzen Stimme: *„Was ist denn los? Du hast diesen Eisler ja direkt angefleht, wieder zu kommen. Er ist zwar* *sehr nett und außerdem hat er uns unseren Espi wieder gebracht, aber deshalb ...“*

„Was aber deshalb! Ich habe ihn nur gebeten, dass er wiederkommen soll!“

„Ja, aber wie! Ist dir denn langweilig, wenn wir beide allein hier sind? Ich finde das sehr erholsam.“

„Erholsam? Wir sind doch immer allein“.

Hier hätte ich am liebsten unterbrochen und Domi und Charlie daran erinnert, dass ich auch noch da bin, nur zählte das offenbar doch nicht so viel, wie wenn es ein Mensch gewesen wäre. Aber das komische Gespräch war noch nicht beendet. Denn Domi fragte mit einem Lachen in ihrer Stimme: *„Bist du etwa eifersüchtig?“*

„Spinnst du? Warum sollte ich eifersüchtig sein?“, aber ihre unsichere Stimme sprach vom Gegenteil. Nun weiß ich also nicht nur, wie eine Stimme klingt, wenn sie von Liebe erfüllt ist, sondern auch von Eifersucht.

Ich sag's ja, die Menschen - aber ich kam gar nicht mehr dazu, diesen Satz zu Ende zu denken, denn völlig überraschend brach das Unglück über mich herein, als Charlie mich in ihre Hände nahm und meinte: *„Mein Lieber, wenn du Regen vertragen kannst, dann können wir dich auch waschen, was du wirklich sehr nötig hast.“*

'Nein!' Ich schrie: 'Domi, sag doch etwas! Ich hasse Wasser, und ich war doch erst...', aber alles Wehren und Heulen half nichts. Vorsichtig wurde ich mit warmem Wasser und einem Tuch abgerieben, sanft ging Charlie mit mir um und beinahe hätte sie mich davon überzeugt, dass gewaschen werden doch nicht so unangenehm war. Aber nur „beinahe“, das Empfinden der Schwere, dass das Wasser in mir auslöste, erinnerte mich zu lebhaft an die schrecklichen Minuten im Dreck, als der Regen auf mich niedergeprasselt und ich davon überzeugt gewesen war, zu sterben. Wie kann Charlie nur so gefühllos sein und warum greift Domi nicht ein, sondern steht daneben und lacht? Es sieht so aus, als würden sie meine Einwände und Proteste spüren und sich darüber lustig machen. Ich hab's ja schon immer gewusst - wir Kuscheltiere können uns doch mitteilen. Aber - wenn sie meine Angst gespürt haben...? Warum dann das? Ich war zum ersten Mal den beiden richtig böse.

Als ich mich allerdings Stunden später zufällig im Spiegel sah und über das leuchtende Grün meines Kopfes, das helle Gelb des Schnabels und überhaupt über die Sauberkeit meines Körpers staunte, beschloss ich, nicht mehr ärgerlich zu sein. Ich fühlte mich wie neu geboren - so sagen die Erwachsenen doch oder?

Es war drei Tage später - Charlie und Domi saßen - die eine im Schlafzimmer, die andere hier im Wohnzimmer - an ihren Laptops und schrieben.
Puntito und ich saßen wie gewöhnlich am Fenster. Ich musste ihm immer wieder von meinem Abenteuer erzählen, er konnte gar nicht genug bekommen, und ich hatte oft den Eindruck, als wäre er ein wenig

neidisch. Vor allem vom Kater, der ihm angeblich so ähnlich sehen sollte, wollte er jede Kleinigkeit wissen.
In diesem Augenblick schellte es und Domi, die in meiner Nähe saß, stand so abrupt auf, dass ich von der Fensterbank fiel, aber so günstig, dass ich die Tür im Auge hatte. Davor stand ein Herr, der mir irgendwie bekannt vorkam.
Das gab's doch nicht! Das war ja Johann! Das sollte Johann sein? Dieser elegante Mann - gekleidet in einen schicken Anzug, dazu glänzende Schuhe, die Haare geschnitten. In den Händen einen Blumenstrauß.
Ich glaube, Domi stand auch das Erstaunen im Gesicht geschrieben, aber sie konnte es gut überspielen, allerdings begrüßte sie meinen Johann so herzlich, als würde sie ihn schon Jahre kennen. In diesem Augenblick fragte ich mich, ob es wirklich nötig ist, jemanden jahrelang zu kennen, bevor man weiß, die oder der ist mein Freund. Nun - das war wahrscheinlich etwas voreilig gedacht - ich hatte ja keinerlei Beweise für meine Gedanken.
Auch Charlie klappte ihren Laptop zu, sie merkte, dass ich hingefallen war, hob mich auf und dadurch hatte sie mich in der Hand, als sie Johann begrüßte.
Fast schüchtern klang die Stimme dieses fremden und doch bekannten Mannes: *„Ich wollte Sie fragen, ob Sie Lust zu einem Spaziergang haben und danach würde ich Sie gern einladen, mich in meiner Hütte zu besuchen. Ich habe Kaffee und Kuchen vorbereitet."*

Er schien die Blumen vergessen zu haben, denn unvermutet setzte er eilig hinzu: *„Die Blumen sind ein kleines Dankeschön an Sie für die Einladung von vor drei Tagen."*
Dann entdeckte er mich und staunte: *„He Espi, ich hätte dich ja fast nicht erkannt. Was hat man denn mit dir gemacht?"*
Na - was schon? Gewaschen natürlich. Aber etwas in mir freute sich, dass er gemerkt hatte, dass ich in neuem Glanz erstrahlt war. Außerdem war es mir mit ihm ja genauso ergangen - ich habe ihn auch erst nicht erkannt.
Nach anfänglichem Zögern stimmten die beiden Frauen seinem Vorschlag zu. Bevor sie die Wohnung verließen, bat Johann aber noch: *„Bitte, nehmen Sie Espi mit und vielleicht auch seinen Freund, den Puntito. Er soll doch meinen Kater Tiger begrüßen, und Espi freut sich bestimmt auch auf ihn."*
Nein! Darauf kann ich aber grad verzichten! Noch immer habe ich die Krallen vor Augen. Sie gehörten zu meinem Albtraum, den ich doch eben erst anfing, zu vergessen.

*

Puntito wanderte in die Anoraktasche von Domi. Und als Charlie nach mir griff, um mich einzustecken, streckte Johann die Hand aus: *„Bitte, darf ich ihn nehmen? Ich glaube, der kleine Kerl hat mir Glück*

gebracht, er hat mir endlich den letzten Anstoß dazu gegeben, mein Leben zu verändern."
Ich konnte mir zwar nicht vorstellen, wie ich das geschafft hätte, aber ich war wieder einmal gespannt, wann er mich nicht mehr 'der kleine Kerl", sondern Espi nennen würde.

Wir gingen in eine Richtung, die mir bekannt vorkam - in unterschiedlichster Verfassung war ich hier in den letzten Tagen entlang getragen worden.
„Lassen Sie uns nach Sahlenburg gehen - ist zwar ein bisschen weit, aber dort kann man wirklich gut essen."
„Keine Angst", lachte Charlie *„wir kennen rund um Duhnen wohl jeden Steg und wissen, wie weit Sahlenburg entfernt ist. Und es gibt doch kaum was Schöneres, als hier entlang zu laufen, nicht wahr Julia?"* Charlies Stimme klang irgendwie anders, als sie sich so formell an Domi wandte. So - besitzergreifend.
Ich kann mich gar nicht an diesen komischen Namen „Julia" gewöhnen. He Johann - das ist die Domi! Was soll's, er hört mich eh nicht. Allerdings haben die drei wirklich Nerven! Wie gut, dass ich nicht laufen muss, das ist nämlich ziemlich weit. Außerdem hätte ich Angst vor den Pferden, denen wir unterwegs am Strand begegneten. Die sind so riesig, und die Leute lassen sie immer ganz schnell traben.
Wo sie nach dem mehr oder weniger stummen Spaziergang gerade reingehen, das kenne ich doch! Ich erinnere mich nur daran, weil Domi sich schon beim letzten Besuch über den Namen amüsiert hatte:

'Wattenkieker' - ich weiß nicht, was das bedeuten soll, ist auch nicht so wichtig.
Alle drei - auch Johann - bestellten ein Wasser. Er roch auch gar nicht mehr so säuerlich, sondern richtig edel nach einem besonderen Duft. Es hat sich anscheinend tatsächlich etwas in seinen Gewohnheiten geändert.
Das war vielleicht ein langes Mittagessen. Außerdem kam es keinem in den Sinn, uns aus den verschiedenen Taschen rauszunehmen, was höchst ungemütlich war. Oft sind die Menschen so sehr mit sich selbst beschäftigt, dass sie einfach alles um sich herum vergessen.
Endlich machten sie sich aber doch wieder auf den Rückweg. Johann hatte gerade den beiden Frauen erzählt, dass sein Häuschen zwischen Sahlenburg und Duhnen liegt. Ich kann mich - verständlicherweise - nicht mehr so genau daran erinnern, nur, dass es neben einem kleinen Wald lag. Ich hätte am liebsten Domi und Charlie gewarnt, damit sie sich auf das Durcheinander, das sie erwartete, vorbereiten könnten.

Und dann kam alles anders. Das Leben ist wirklich häufig voller Überraschungen. Die dreckigen Fenster, aus denen ich vor Tagen kaum rausschauen konnte, waren blank geputzt, so dass die Sonne ungehindert hindurchscheinen konnte. Die alte Couch hatte Johann entsorgt, stattdessen gab es ein paar bequeme Sessel - nicht neu, aber auch nicht so verwahrlost, wie das Möbel, das hier gestanden hat. Der Tisch war

einfach, aber sauber gedeckt - alles war total verändert!
Das konnte nicht sein! Was ich noch vor Tagen hier erlebt hatte, war doch keine Einbildung gewesen! Jetzt ist es fast gemütlich, jedenfalls völlig anders.
Gerade als ich anfing, an meinem Wahrnehmungsvermögen oder meiner Erinnerung zu zweifeln, kam er angeschlichen - der Kater! „Hau bloß ab“, flüsterte ich, aber nur Puntito verstand mich und fragte erstaunt: „Hast du etwa Angst vor dem?“
„Quatsch, aber wart nur, bis du seine Krallen siehst!“
Doch der Kater war heute ziemlich friedlich gestimmt, nachdem Domi und Charlie ihn herzlich begrüßt hatten. Komisch, die haben zu jedem immer gleich ein gutes Verhältnis!
Der Kuchen schien zu schmecken, der Kaffee duftete, es wäre alles ausgesprochen gelungen gewesen, wenn ich nicht gemerkt hätte, dass Johann unruhig war und über etwas sprechen wollte, sich aber nicht traute. Meine Freundinnen hatten verstohlen den Bilderaltar gemustert, aber wohlweislich nichts gesagt und auch nichts gefragt.
Nach einer Weile meinte Johann: *„Ich möchte Ihnen etwas erzählen, nachdem ich vor zwei Tagen so überstürzt weggegangen bin. Ich hatte gesagt, dass meine Frau und ich nur immer im Urlaub hier gewesen sind und dass dann …“*, armer Johann, wie schwer ihm das Sprechen fiel.

Das schienen auch die Frauen zu merken, denn Domi fiel ihm ins Wort: *„Sie brauchen uns nichts zu erklären, Herr Eisler."*

Rasch unterbrach Johann Domi: *„Bitte sagen Sie doch Johann."* Domi lächelte: *"Danke, aber dann müssen Sie uns auch mit unseren Vornamen anreden. Ich bin Julia und meine Freundin heißt eigentlich Charlotte, doch Charlie hat uns besser gefallen. Was ich aber unbedingt noch sagen wollte. Wir haben uns kennen gelernt und Sie haben uns mit der Rückgabe von Espi eine Riesenfreude gemacht, um es gelinde auszudrücken. Das verpflichtet aber keinen von uns, irgendetwas Persönliches zu erzählen."*

„Nein, nein, es war mir nur vor zwei Tagen so peinlich gewesen, wie Sie mich kennen gelernt haben."

„Johann, wer sind wir, dass wir darüber urteilen könnten. Noch einmal, Sie haben uns eine große Freude gemacht, dafür sind wir dankbar."

Das war Charlie. Wie lieb von ihr, dass sie den aufgeregten Johann beruhigen wollte. Wieder dachte ich, was ich doch für ein Glück gehabt habe, bei diesen beiden Frauen gelandet zu sein.

Johann ließ sich nicht beruhigen - er stand auf und lief im Zimmer hin und her. Auch der Kater war aufgesprungen und strich seinem Herrchen um die Beine, gerade so, als wollte er ihn trösten. Ist offenbar doch ein netter Kerl.

Jetzt blieb Johann vor den Bildern stehen. *„Ich hatte schon eine Weile Probleme mit dem Alkohol. Auch an jenem Abend hatte ich getrunken und bin Auto gefahren. Friederike und ich waren zu dieser Zeit in Duhnen in*

Urlaub, hatten aber mit Freunden in Cuxhaven gefeiert und wollten noch am Abend wieder hierher zurück. Dabei hatten die Freunde uns angeboten, bei ihnen zu übernachten. Das mache ich sehr ungern. Friederike weigerte sich zuerst, bei mir einzusteigen, aber ich sagte, sie übertreibe maßlos, von dem bisschen Wein wäre ich doch nicht betrunken."

Er hielt einen Augenblick inne, so, als wolle er Kraft für den Fortgang seiner „Beichte" schöpfen. *„Es stimmte, ich war nicht wirklich betrunken, allerdings auch nicht nüchtern. Es regnete in Strömen. Die entgegenkommenden Autos blendeten mit ihren Lichtern so sehr, dass ich überhaupt nichts mehr sehen konnte. Da bin ich von der Straße abgekommen ..."*

Wieder machte er eine Pause: *„Friederike war sofort tot, ich blieb unverletzt."*

Johann holte tief Luft: *„Ich wurde wegen Alkohol am Steuer und fahrlässiger Tötung angeklagt. Mit anderen Worten, ich bin vorbestraft. Drei Jahre auf Bewährung und eine hohe Geldstrafe. Ich bin nur so relativ gut weggekommen, weil meine Frau einverstanden gewesen war, ins Auto zu steigen, was Freunde bezeugen konnten. Für mich war diese Zeugenaussage total unwichtig - ich war gefahren, ich hatte getrunken, ich hatte sie aufgefordert, sich nicht so anzustellen. Mich traf die Schuld."*

Nach einer Weile, in der das Schweigen in dem Raum fast spürbar zu fassen war wie etwas schrecklich Schweres, fing Johann wieder mit rauer Stimme an zu sprechen:

„Unsere gemeinsame Klinik verwaltete in der Zwischenzeit ein Neffe von mir, ich habe sie ihm dann überschrieben. Ich konnte einfach nicht mehr in mein normales Leben zurück. Seitdem lebe ich hier, Rolf, mein Neffe, zahlt mir eine kleine Rente, ich biete in Duhnen und Umgebung öfter meine Dienste als Tierarzt in den einzelnen Höfen, aber auch privat für Hunde und Katzen an. Damit bessere ich mein Einkommen ein wenig auf. Obgleich ich zum Leben nicht viel brauchte - außer für den Alkohol. Ich hatte, wie gesagt, schon länger Schwierigkeiten mit dem Trinken, aber nach dem Unfall gab ich mich auf. Erst vor einem Jahr fing ich an, gegen diese Sucht anzugehen."

Nach diesen Worten war es totenstill. Selbst Puntito und ich hielten den Atem an. Ob Charlie und Domi wohl so schockiert wären, dass sie aufstehen und gehen würden? Warum war ich nicht entsetzt - Johann tat mir einfach nur leid, obgleich es furchtbar war, was geschehen war.

Domi reagierte als erste. Sie stand auf und näherte sich trotz des leisen Fauchens des Katers Johann und legte ihm die Hand unendlich behutsam, fast liebevoll auf die Schulter: *„Danke Johann für Ihr Vertrauen. Es ist furchtbar, was passiert ist, aber ich glaube, Sie sollten nach all den Jahren versuchen, sich selbst zu verzeihen."*

„Ich habe noch nie mit jemandem darüber gesprochen. Klar - hier in Duhnen wissen die Leute es, aber keiner spricht mich an, außerdem habe ich kaum Kontakt. Warum erzähle ich gerade Ihnen davon?"

„Vielleicht weil jeder Mensch jemanden braucht, dem er sich anvertrauen kann und vielleicht - vielleicht hat unser

Espi etwas in Ihnen berührt, was es Ihnen möglich macht, zu all dem, was Sie erlebt haben, zu stehen."

Ich - ich sollte das bewirkt haben? Von Stolz gebläht, blickte ich Puntito an: „Hast du das gehört? Ich soll das möglich gemacht haben!"
„Ach herrje, was bist du ein aufgeblasener Tropf. Der arme Mann hat so was Schreckliches erlebt und du plusterst dich hier auf!"
Da hatte der Puntito ausnahmsweise recht, und ich wurde still. Leider hatte ich in der Zwischenzeit nicht gehört, was Domi noch gesagt hatte. Es musste aber etwas gewesen sein, was Johann gefreut hatte und als Domi noch hinzufügte: *„Wir haben unseren Urlaub verlängert und sind noch drei Wochen hier, bitte kommen Sie, wann immer Sie wollen"*, ging ein zaghaftes Strahlen über sein Gesicht. Nun stand auch Charlie auf, ich konnte verstehen, dass sie gehen wollten. Nicht weil sie über das Gehörte geschockt gewesen wären, sondern einfach nur Johann zuliebe.
Auf dem Nachhauseweg - sie hatten Johann gebeten, sie nicht zu begleiten, weil sie gespürt hatten, dass dieser jetzt lieber allein wäre - überlegte Charlie laut: *„Meinst du, wir sollten ihm Espi ein paar Tage überlassen oder vielleicht sogar über den gesamten Urlaub hinweg? Irgendetwas hat er in Johann bewirkt und vielleicht könnte das ihm helfen."*
Mir stockte vor Schreck der Atem - so sympathisch mir der Johann auch war, aber ich wollte bei Charlie und Domi sein. Ich schrie laut: 'Das will ich aber

nicht', doch was nutzte es! Ich war empört darüber, wie leicht es Charlie zu fallen schien, mich einfach wegzugeben. Ich fing an zu schluchzen, und es machte mir gar nichts aus, dass Puntito mich eine Heulsuse nannte. Ich konnte mich erst beruhigen, als Domi antwortete: *„Das meinst du nicht im Ernst oder? Du wirst dich doch nicht von Espi trennen! So nah steht uns dieser Johann nun auch wieder nicht."* Danke Domi! Danke! Wie gern wäre ich in diesem Augenblick ganz nah bei ihr gewesen, um sie zu fühlen und ihr zu danken. Wenigstens eine, die sich nicht vorstellen konnte, mich einfach so herzugeben.

8. Kapitel

Unser Leben verlief wieder in seinem ruhig-gewohnten Rhythmus. Nach dem Frühstück setzten sich Charlie und Domi an ihre Laptops, um zu schreiben. Gegen Mittag machten sie sich zu einem Spaziergang auf und nahmen uns immer mit. Ich lernte Duhnen besser kennen, als ich jemals zuvor irgendeinen Ort gekannt hatte.

Doch - etwas hatte sich in unserem Leben geändert - Johann! Oft begleitete er uns auf den Spaziergängen. Lud uns zu sich nach Hause zu Kaffee und Kuchen ein, oder wir gingen gemeinsam essen. Johann und Duhnen waren zu einem Begriff geworden. Längst waren die drei zu einem vertraulichen Du übergegangen. Und immer wollte er mich tragen. Ich konnte das verstehen, denn schließlich hat sich sein Leben durch mich verändert. Puntito nannte mich einen eitlen Kerl, aber was wahr ist, ist halt wahr, das muss auch dieser Tiger im Kleinformat anerkennen.
Apropos Tiger, auch der Kater schien sich mit uns anzufreunden. Er zeigte nie mehr seine Krallen und setzte sich wie selbstverständlich immer neben uns, wenn wir daheim bei Johann waren. Ich glaube, er hatte sich ein bisschen in den Puntito verknallt, was dieser heftig bestritt.

Ich fragte mich öfters, was aus Johann würde, wenn wir nicht mehr da wären? Wieder Alkohol? Obgleich er seit dem Abend vor einer Woche keinen Tropfen mehr getrunken hat. Doch vielleicht wieder Einsamkeit? Wieder Verzweiflung? Es war aber nicht nur ich, der sich diese Fragen stellte. Denn eines Tages hörte ich, wie Domi meinte: *„Johann, darf ich dich was fragen? Du kannst mir ruhig sagen, wenn du der Meinung bist, dass mich das nichts anginge."*

Das war auf einem der Spaziergänge, die sie auch allein unternahmen - wenn man von mir absah. Johann blickte sie aufmerksam an: *„Du kannst mich alles fragen. Außerdem kann ich mir vorstellen, was du wissen willst."*

Das war auch nicht schwer zu raten oder? Ich war trotzdem gespannt darauf, wie Domi ihre Frage formulieren würde. Ich musste nicht lange warten. Sie hatten sich auf eine der Bänke auf der Promenade gesetzt - Charlie war wieder, wie öfter in letzter Zeit, zu Hause geblieben - angeblich hatte sie gerade eine wichtige Idee zu ihrem Buch und wollte natürlich sofort darüber schreiben. Das passiert bei Schriftstellern anscheinend immer ganz unerwartet. Dann springen sie auf, laufen an ihren Laptop, sind richtig aufgeregt, so als fürchteten sie, im nächsten Moment den Gedanken vergessen zu haben. Na ja, ich kann das schließlich nicht beurteilen.

Vorsichtig suchte Domi nach Worten, wandte sich dann Johann zu: *„Ich glaube, die paar gemeinsamen Tage haben dir gut getan, Johann. Du bist viel lockerer geworden*

und...“, sie machte eine Pause *„und du lachst sogar öfter. Aber was wird, wenn wir nicht mehr hier sein werden? Wenn es wieder einsamer um dich herum wird? Besteht dann - ich meine, besteht dann die Gefahr, dass der Alkohol wieder Macht über dich bekommt?“*
Oje - hoffentlich nahm Johann das nicht übel, denn an sich ging das Domi gar nichts an. Verbarg sich hinter dieser Frage vielleicht etwas vollkommen anderes? Ich konnte mir nicht vorstellen, dass es pure Neugier war, weshalb Domi gefragt hatte.
Johann nahm mich wieder, wie schon so oft zuvor, in seine Hand, strich leicht mit seinem Zeigefinger über meinen Kopf, so als wollte er heimlich ergründen, was ich wohl darüber dachte. Ernsthaft hatte ich mir die Frage - wie gesagt - auch schon gestellt, aber nie so richtig intensiv - vielleicht deshalb, weil ich mir gar nicht vorstellen kann, dass die Zeit hier irgendwann zu Ende geht. Zeit bedeutet mir nicht viel - ich staune immer wieder, wie wichtig sie den Menschen ist, wie sie sich von ihren Uhren bestimmen lassen. Für mich gibt es nur den hellen Tag und die dunkle Nacht, die Sonne und nachts die Sterne und den Mond, wenn wir gemeinsam auf dem Balkon sitzen und in den Himmel gucken.
Ich war so in Gedanken versunken, dass ich die ersten Worte von Johann überhörte. Nun sagte er, anscheinend mitten im Satz:
„... Alkohol? Ich glaube nicht. Ich habe mich damit betäubt. Ich wollte nicht über meine Schuld nachdenken, ich wollte sie mir nicht eingestehen. Ständig suchte ich nach

Entschuldigungen für etwas, was nicht zu entschuldigen ist, weil ich nichts mehr gut machen kann. Friederike wird nie zu mir zurückkehren. Mein Leben wird nie mehr so sein, wie vor dem Unfall. Ich habe schon lange erkannt, dass ich das endlich akzeptieren muss und dass die Flucht in den Alkohol gar nichts bringt. Jeden Morgen muss man wieder aufwachen, meist mit Kopfweh und Wut über das eigene Versagen und einem schlechten Geschmack im Mund. Und dann beginnt alles von vorne. Das möchte ich nicht mehr. Ich habe ja schon angedeutet, dass ich seit einem Jahr ziemlich erfolgreich gegen die Sucht ankämpfe. Manchmal ...", er sah mich fast verlegen an, als ob ich irgendetwas dazu zu sagen hätte. *„Manchmal vergesse ich es, wie Espi am ersten Abend beobachten konnte, aber jetzt habe ich mich klar entschieden - nie mehr Alkohol."*
„Und das geht so einfach, von einem Tag auf den anderen?", fragte Domi zweifelnd.
„Julia, es geht nur auf diese Art - ich möchte leben, aber nicht mehr so!" Wie weich seine Stimme plötzlich klang und warum schaute er Domi so intensiv an, als er von „leben" sprach?
Domi hatte ihre Hand auf Johanns Schulter gelegt. *„Aber was wirst du machen, was hast du vor - bitte, das ist keine Neugier von mir. Du bist... du bist uns sehr wichtig geworden, und es würde uns schon beruhigen, wenn wir mit der Sicherheit von Duhnen weggehen könnten, dass es dir besser geht, dass dir andere Wege offenstehen. Stimmt's Espi, das findest du doch auch?"*

Ich wusste, dass sie mich nur damit reinzog, um ihren Worten das Gewicht zu nehmen, um die Situation überhaupt ein wenig leichter erscheinen zu lassen. Ich war ein wenig beunruhigt - da klang etwas mit, das ich nicht verstand.
Sie waren mittlerweile aufgestanden und langsam weiter gegangen - ich immer noch in der Hand von Johann.
Nach einer Weile ging ein Lächeln über Johanns Gesicht: *"Ich möchte dir noch ein Geheimnis anvertrauen, allerdings ein schönes."*
Domi sah Johann gespannt an.
„Bevor ich Tierarzt wurde, war ich drei Jahre an der Kunstakademie eingeschrieben. Seit ich denken kann, habe ich gerne gezeichnet und gemalt. Ich hatte sogar Ausstellungen in Hamburg und Bremen. Doch dann brach ich das Studium ab und entschied mich für Tiermedizin, meinem Vater zuliebe, auch Tierarzt, dem die Malerei als eine brotlose Kunst erschien und der mich stets drängte, doch etwas ‚Sinnvolles' zu lernen. Aber der Wunsch mich ausschließlich der Malerei zu widmen ist geblieben. Und jetzt ist die Zeit gekommen, dazu zurückzukehren. Die Rente aus der Überschreibung der Tierarztpraxis an meinen Neffen reicht, so dass ich anderswo kein Geld verdienen muss. Mein Entschluss steht fest, ich werde wieder malen."
„Das ist ja wunderbar. Johann, Mensch, du überraschst mich immer wieder. Charlie wird staunen, wenn ich ihr davon erzähle."

Ihr Gesicht strahlte vor Freude. Aber ich spürte, das war noch nicht alles. Sie waren stehen geblieben, schauten sich lange an, so nah und intensiv, dass ich dachte, die werden sich gleich umarmen. Was sollte das? Was wollte dieser Johann von Domi? Sie gehört zu Charlie, da passt niemand mehr dazwischen. Doch ein bisschen verlegen trat Johann einen Schritt zurück und hob mich nah an sein Gesicht. *„Mein erstes Porträt wird von dir sein, du kleiner Kerl. Du sollst der Einstieg in mein völlig neues Leben sein und mir Glück bringen."*
Iiich! Was bedeutete denn das nun schon wieder? Wird er mich etwa von oben bis unten anstreichen? Das wollte ich aber nicht! Ich gefiel mir so, wie ich aussah! Es war immerhin ausgefallen und etwas Besonderes. Ich habe jedenfalls noch keine lebende Ente gesehen, die mir ähnelte. Nee, lieber Johann, das lass ich nicht zu! Allerdings - wie sollte ich mich denn dagegen wehren können? Mensch, immer diese Hilflosigkeit - manchmal war es wirklich zum Davonlaufen.
Vor lauter Empörung hatte ich nicht mitbekommen, was Johann noch gesagt hatte, aber aus dem Verlauf des Gesprächs merkte ich, dass er mich nicht anmalen, sondern malen wollte - so richtig auf Leinwand, sagte er, auch wenn ich nicht wusste, von welcher „Wand" er sprach.
Was für ein Abenteuer und ein bisschen schadenfroh dachte ich an Puntito - bestimmt wird er mich wieder einen Angeber nennen. Vielleicht entschließt sich

Johann ja, ihn auch zu malen. Aber nicht auf dem gleichen Bild wie mich!

Domi nahm mich aus Johanns Hand entgegen: *„Hast du gehört, du Winzling - du wirst auf Leinwand verewigt. Gefällt dir das?"*
'Domi, wie soll ich dir denn antworten? Außerdem - ich bin kein Winzling - muss ich immer wieder daran erinnern, dass ich Espi bin? Und noch was - natürlich werde ich ewig leben, ob Johann mich nun malt oder nicht.' War ich mir da so sicher? Plötzlich war mir kalt, und ich war froh, dass Domi mich in ihre Tasche steckte, wo es warm und kuschelig war. Ich wunderte mich allerdings über die Stille, die unversehens zwischen den beiden herrschte, eine seltsam angespannte Stille und dann hörte ich, wie Johann sagte: *„Du Julia hast mir Glück gebracht."*
Es klang ein bisschen komisch für mich, von ihm Domis richtigen Namen zu hören. Außerdem war die Bemerkung ziemlich unfair, denn schließlich hat er das gerade erst von mir behauptet.
He, erdrückt mich nicht!
Aber diesmal schien ich nicht die Fähigkeit zu haben, meine Gedanken zu übertragen.

*

Und wieder fing ein neues Kapitel in meinem Leben an. Nicht nur in meinem, aber das versuchte man zuerst vor mir zu verbergen. Warum, weiß ich auch nicht! Ich spiele dabei doch gar keine Rolle. Allerdings muss ich schon sagen, seit ich bei Domi und Charlie bin, ist alles sehr aufregend geworden. Natürlich war es in China auch schon spannend, aber da war ich eines unter vielen Kuscheltieren. Hier habe ich eine riesige Sonderstellung. Und das nur, weil ich mich nicht festgehalten habe, als der Sturm mich vom Balkon fegte! Halt, das stimmt aber auch nicht - seit ich bei Charlie bin, war ich schon wichtig für meine Freundinnen, also nicht erst seitdem wir hier sind.

Dreimal war ich mit Domi bei Johann. Er hatte in seinem Wohnraum eine Art Gerüst hingestellt. Domi nannte das Staffelei.
Übrigens hat sich Charlie auch sehr darüber gefreut, dass ich gemalt werden sollte!
Aber zurück zu dieser komischen dreibeinigen Staffelei - darauf stand ein großes Papier, Johann sagte dazu allerdings Leinwand. Ich weiß nicht, was da für ein Unterschied ist zwischen Papier und Leinwand. Ich wurde auf einen Stuhl gesetzt und dann fing Johann an, mich zu malen. Ab und an strich der Kater neugierig um mich herum, er konnte sich wohl nicht erklären, was das alles sollte. Und als Puntito mal dabei war, hörte ich ihn richtiggehend kichern. Das war aber unfair, denn schließlich sollte ich ja nicht ausgelacht werden, sondern „verewigt"!
Johann ließ sich ganz schön viel Zeit - ich wurde hin und her gedreht und öfters sagte er, *„nein, das Licht ist*

eben nicht günstig. Ich schlage vor, wir machen eine Pause und trinken erst mal einen Kaffee."

Und ich? Ich musste in der Zwischenzeit auf meinem Stuhl sitzen bleiben und warten. Dabei merkte ich, dass Geduld nicht meine stärkste Eigenschaft war. Und manchmal beneidete ich sogar den Kater, der konnte herumlaufen, rausgehen, kommen und gehen, wann er wollte - das nenne ich Freiheit.

Nach einer Woche war das Bild fertig. Johann machte eine richtige Zeremonie aus diesem Moment. Er lud Domi und Charlie ein, hatte das Bild mit einem weißen Tuch zugedeckt und bot erst mal für sich Saft und für meine Freundinnen so ein gelbes sprudelndes Getränk an. Sie nannten es Sekt. Sie prosteten sich zu und nachdem man mich auch vor die Staffelei gesetzt hatte, nahm Johann ganz langsam, fast feierlich das Tuch herunter, damit wir das Porträt bewundern konnten. Na ja, ich war ganz gut getroffen - vielleicht ein bisschen groß und das Grün von meinem Kopf war viel zu grell - trotzdem, es gefiel mir und ich glaube, er spürte das, weil er mich kurz und verstohlen hochhob und auf meinen Schnabel küsste.
Er hatte wohl gedacht, dass ihn niemand beobachtete, aber ich konnte sehen, dass sich Charlie ein Lächeln verkneifen musste.
Die beiden Frauen machten Fotos von dem Bild. Der Kater blieb davor stehen, aber es schien ihn nicht besonders zu interessieren und Puntito ließ es sich

gnädig gefallen, dass er auch vor das Bild getragen wurde. Er sagte nicht gleich was, aber später musste er dann einräumen, dass es sehr schön geworden war - mein Ebenbild. Außerdem wurde er am nächsten Tag auch noch gemalt - aber da reichte eine Sitzung - Johann wollte offenbar nur gerecht sein, wirkliches Interesse schien er nicht gehabt zu haben.
Die Fotos wurden entwickelt und eines Tages meinte Charlie beim Frühstück: *„Julia, was hältst du davon? Ich schreibe eine Geschichte über Espi und Johann mit dem Titel „der Sturz vom Balkon" und auf die Vorderseite kommt das Bild von Espi, wenn Johann mir das erlaubt."*
Domi sagte begeistert: *„Ich finde das eine großartige Idee. Mal gespannt, was Johann dazu sagt."*
„Du immer mit deinem Johann!" das sollte wohl nach einem Scherz klingen, tat es aber nicht.
„Nun, meine Liebe, hast du schon mal was von Künstlerrechten gehört? Er muss schließlich seine Zustimmung geben", war Domis leichte Antwort.
Jedenfalls war Johann auch sofort damit einverstanden. Ich wurde natürlich nicht gefragt! Das nenne ich Bevormundung - aber im Grunde war ich richtig stolz auf all das, was da unternommen wurde. Irgendwann, wir waren schon längst wieder in Mainz, schrieb Johann, dass die Geschichte in der Zeitung, in der er die Suchanzeige von Charlie und Domi entdeckt hatte, veröffentlicht worden sei. Es ist wohl nicht ganz ungerechtfertigt, dass ich stolz auf mich bin oder?

Auch Domis zweite Idee wurde angenommen. Sie hatte nämlich vorgeschlagen, aus den Fotos Postkarten zu machen und zu verkaufen, um Johanns Einkommen zu verbessern. Schon bald danach konnte man in allen Läden und auf allen Kartenständern mein Bild bewundern.

Und dann geschah was Komisches. Jeder, der mein Foto sah, lachte und sagte mit so einer seltsam verstellten Stimme: *„Schau doch - ist der nicht süüüüß. Die Karte möchte ich haben."*

Ach, auf einmal! Auf einmal war es nicht mehr lächerlich, sich für ein Kuscheltier zu begeistern!

Und eines Tages sah ich diese schreckliche Frau mit ihrer kleinen Tochter an der Hand, die den Johann so beleidigt hatte. Auch sie griff nach dieser Karte: *„Die ist ja wirklich nett. Madeleine, möchtest du sie haben?"*

Blödes Weib, plötzlich findest du mich nett und bietest mich deiner Tochter als Postkarte an! Warum war ich mir nur so sicher, dass das Mädchen genau wusste, wer da fotografiert worden war. Ihre Augen strahlten und sie drückte die Karte an ihr kleines Herz. Ich musste wegschauen, sonst hätte ich angefangen zu weinen.

9. Kapitel

Wirklich ruhig sind diese Tage in Cuxhaven - ich mein natürlich in Duhnen - nicht. Was bin ich heute Morgen erschrocken. Ich war für einen Augenblick sogar wieder in China, denn da gehörten solche Besucher wie die, die vorhin an der Tür geläutet haben, fast schon zum Alltag.

Aber ich erzähl es lieber von Anfang an - nachdem ich mich wieder ein bisschen beruhigt habe. Es war noch sehr früh, ich hörte, wie Charlie erstaunt fragte, *„wer schellt denn schon um diese Uhrzeit?"* Ihr Erstaunen wurde noch wesentlich größer, als sie die beiden Polizisten begrüßte. Ich glaube, mit so jemandem hatte sie in ihrem Leben noch nichts zu tun gehabt. Als sie sich ausgewiesen hatten, so nennt man das, glaube ich - jedenfalls erinnere ich mich noch daran, dass die Leute, die uns transportierten, auch so ein Papier hochhielten, wenn es hieß „Ausweise zeigen" - ließ Charlie die beiden sehr zögerlich ein. Sie rief nach Domi - auch sie machte große Augen, als sie die Uniformmänner sah - und dann gab es folgendes Gespräch.

„Meine Damen, Sie sind beobachtet worden, wie sie unzählige gelbe Schilder verteilt und auch an Metzgereien und Restaurants geklebt haben? Es ist Ihnen doch bewusst, dass dies Sachbeschädigung ist?"

Mir wurde schlecht vor Wut - Sachbeschädigung! Aber wenn Tiere beschädigt, schlecht behandelt, gequält werden, ist das wohl nicht schlimm! Ich war sehr gespannt, wie Charlie reagieren würde, denn ich hatte den Eindruck, dass sie und nicht Domi den Männern antworten würde. Und dann wurde ich unwahrscheinlich stolz auf meine Charlie. Mit leiser, aber umso deutlicherer Stimme sagte sie: *„Meine Herren - ja, wir haben diese Schilder verteilt. Haben Sie gelesen, was da drauf steht? Sachbeschädigung - Sie interessieren sich für eine beklebte Hauswand oder Tür - aber wie ist es mit den Lebewesen - ich wiederhole, den Lebewesen, die auf diesen gelben Zetteln abgebildet sind und die um nichts anderes bitten, als artgerecht und nicht ungerecht behandelt zu werden? Bei ihnen ist alles erlaubt - die kann man quälen, schreddern, auf die schrecklichste Weise töten - das stört Sie nicht. Wissen Sie, dass Tiere erst seit ziemlich kurzer Zeit in unseren Gesetzen nicht mehr als „Sachen" bezeichnet werden?!"*
Der eine, der sich als Herr Hartmann vorgestellt hatte, meinte: *„Es ist ja sehr schön, dass Sie ein Herz für Tiere haben, aber ..."* weiter kam er nicht, als Domi ihn unterbrach: *„Herz für Tiere? Es gibt kein Herz für Tiere und ein Herz für Menschen, Sie haben entweder ein Herz oder haben keins!"*
Bravo Domi. In diesem Augenblick entdeckte ich diesen schrecklichen Herrn Hauser, der sich so mies unserem Johann gegenüber benommen hatte - sein hämisches Grinsen passte so richtig zu ihm.

Offensichtlich genoss er es, dass meine beiden Freundinnen Schwierigkeiten haben würden.
„Tja, meine Damen, wir können natürlich noch lange hier über Tierliebe oder dergleichen diskutieren, sie gibt Ihnen dennoch nicht das Recht, öffentliche oder private Gebäude für Ihre Aktionen zu benutzen. Leider müssen wir ...“
Domi unterbrach ihn: *„Herr Hartmann - so heißen Sie doch - haben Sie vor ein paar Tagen in der Zeitung den Bericht über die Hühnerfarmen hier in Deutschland gelesen?“*
„Ja - schon. Aber das ...“
Weiter kam er nicht. Domi unterbrach ihn: *„Gibt es da ein „Aber“? Haben wir wirklich das Recht, Tiere so zu behandeln? Ich kann mir gut vorstellen, dass Sie genauso empört darüber waren, als sie von diesen Zuständen gelesen haben.“*
Wieder wollte Herr Hartmann zu einer Antwort ansetzen, aber in diesem Augenblick geschah ein Wunder. Der andere Polizist, der sich mit Herr Meyer vorgestellt hatte, holte aus seiner Jackentasche einen der gelben Aufkleber, die meine Freundinnen verteilt hatten und hielt ihn seinem Kollegen hin. *„Hast Du ihn wirklich gelesen, Franz? Haben die beiden Frauen nicht recht? Gestern mussten wir doch erst wieder eine Katze ins Tierheim bringen, die die Leute, die in Urlaub gefahren sind, einfach an einer Tankstelle ausgesetzt haben. Eine Katze - so ein freiheitsliebendes Tier, angebunden an eine Bank! Ich würde vorschlagen, wir gehen und lassen die Damen in Ruhe. Weißt Du, sie haben nämlich jeden*

Grund, die Allgemeinheit auf diesem Weg ein wenig wachzurütteln."

Ich war sprachlos - sofern man meine Selbstgespräche als Sprache bezeichnen kann. Und ich war gespannt, wie der mit Franz Angesprochene reagieren würde. Der zögerte einen Augenblick, dann steckte er die Unterlagen, die er in der Hand gehalten hatte, weg, wünschte uns - und diesmal fühlte ich mich angesprochen - noch einen schönen Urlaub, danach drehten sie sich um und gingen. Köstlich war das enttäuschte Gesicht von diesem Herrn Hauser - geschieht ihm völlig recht.

Domi und Charlie fielen sich um den Hals, dann nahmen sie den Puntito und mich hoch und sagten strahlend: *„Seht Ihr, ihr kleinen Wichte, Mut lohnt sich doch."*
Finde ich ja auch, aber deshalb bin ich noch lange kein kleiner Wicht.

*

Ich bin traurig. Die Koffer sind gepackt, die Wohnung macht wieder einen unbewohnten Eindruck, morgen früh sollte es also zurück nach Mainz gehen. Ich verstand das einfach nicht. Alle sind traurig, vor allem Domi und - ich. Aber wen interessiert das schon?

Und dann fiel mir auch noch ein, dass ich mich nicht nur von Johann, sondern auch von Puntito trennen musste. Ich konnte mir das gar nicht mehr vorstellen, ohne ihn zu sein. Wir waren so unzertrennlich geworden, nachdem er seine Vorbehalte gegen mich aufgegeben hatte. Na ja, ich hatte, glaube ich, noch mehr Bedenken gegen ihn als er. Aber er hat mir auch erzählt, dass bei der Domi in Frankfurt mehrere kleine Kuscheltiere sind - dann wird er nicht allein sein, wenn wir wieder zu Hause sind. Aber iiich?
Ich möchte so gern zu Domi gehen. Sie steht auf dem Balkon und starrt aufs Meer - dabei gibt es da doch überhaupt nichts zu sehen. Endlich geht wenigstens Charlie zu ihr. Sie legte ihr den Arm um die Schultern und ich bekomme mit, wie sie sagt: *„Ist es denn so schlimm?"*
Ich hör deutlich, wie Domi schluchzt. Was war nur los? Sehr frei sind die Menschen wirklich nicht. Da will sie bei Johann bleiben - ich hab doch gesehen, wie glücklich sie sind - aber nein, sie müssen abreisen, sie müssen nach Hause zurück und wie viel lassen sie von sich hier? Auch wenn ich weiß, dass man das nicht macht, strengte ich mich trotzdem an, um zu hören, was Charlie und Domi da draußen reden.
„Schlimm? Ich weiß nicht. Ich kann es mir doch selbst nicht erklären, warum ich so traurig bin. Wer ist denn schon Johann und was hat er in unserem Leben zu suchen?"
„Das musst du selbst wissen. In meinem bestimmt nichts. Hast du dich verliebt? Magst du ihn so sehr?"

Domi nickte nur.
„Habt ihr - entschuldige, das klingt vielleicht jetzt schrecklich banal und geht mich auch gar nichts an, aber es ist halt wichtig, habt ihr miteinander geschlafen?"
Was soll denn diese dumme Frage - Domi hat doch immer hier übernachtet! Ich habe jedenfalls nie gesehen, dass sie geschlafen haben!
Ich bin richtig erleichtert darüber, dass ich mich nicht geirrt hatte, als Domi sagte: *„Nein, so weit haben wir es nicht kommen lassen. Für eine kurze Affäre sind wir uns zu schade und für etwas Ernstes"*, wieder schluckte sie und ihre Stimme ist voller Tränen, als sie weiterspricht *„und für etwas Ernstes müsste er von hier weggehen oder ich aus Frankfurt. Das geht sowieso nicht, weil ich ja noch arbeiten muss, und er möchte hier bleiben."*
„Wie stellt sich denn Johann alles vor? Wir wissen so wenig von ihm. Gut, er hat seine Frau verloren. Aber wie lange ist das her? Das hat er nicht gesagt. Hat er sich ernstlich in dich verliebt? Will er eine Zukunft mit dir? Dann dürften Entfernungen ja kein Grund sein."
„Ich weiß gar nichts mehr! Für irgendwelche Entscheidungen kennen wir uns noch viel zu wenig!"
Mensch Domi, das ist doch so einfach! Bleibt hier! Das bisschen Geldverdienen, ist das so wichtig? Außerdem versteh ich nicht wirklich, warum die von Affäre sprechen - sagt man zu so was nicht Liebe? Johann tat mir unvermutet schrecklich leid.
Charlie wandte sich ab, als sie leise sagte:
„Nun, das musst du entscheiden. Aber - aber meinetwegen brauchst du nicht zu verzichten. Johann ist jung, ich nehme

an, so alt wie du und er ist frei. Ich bin nur deine Freundin."

„Nur?! Rede doch nicht so einen Unsinn. Ich möchte bei dir sein. Alles andere ...", sie beendete den Satz nicht und Charlie fragte nur noch: *„Kommt Johann heute noch einmal?"*

Domi schüttelte den Kopf: *„Nein, ich hab ihn gebeten, auf einen großen Abschied zu verzichten."*

Und iiich? Dann kann ich mich auch nicht mehr von ihm verabschieden?! Ich mag ihn doch auch und ich hab euch schließlich erst mit ihm zusammengebracht. Ihr seid einfach große Egoisten - ihr denkt nur an euch.

Draußen schien die Sonne, was mir normalerweise so sehr gefällt, dass ich sofort gute Laune bekomme. Aber heute reichte es dazu nicht.

Domi sagte noch: *„Komm, lassen wir das Thema einfach. Wir fahren nach Hause und alles wird wieder, wie es war."*

Na, das wage ich zu bezweifeln, aber nach meiner Meinung fragt sowieso keiner.

In diesem Augenblick läutete es an der Tür. Draußen stand dieser unsympathische Herr Hauser. Er hatte einen Brief in der Hand. *„Der Brief ist gerichtet an einen Espi Berger-Kerner, ist das vielleicht das berühmte Kuscheltier?"*

Blöder Kerl, der weiß doch genau, dass ich so heiße. Aber wer schreibt denn mir - ich kann doch nicht lesen! Ob es Johann ist, weil es ihm leidtut, dass er sich nicht von mir verabschieden konnte?

Charlie öffnete neugierig den Brief. Dann las sie laut vor: *„Lieber Espi - es war nicht richtig, dass ich mich nicht von dir verabschiedet habe. Ich wollte dir so gern sagen, dass du ein ganz artiges Entlein bist."*
Artiges Entlein! Was soll denn das? Seit wann bin ich brav oder artig? Er hat mich doch so wahrlich nicht kennen gelernt! Ich sag's immer wieder - nein, besser nicht, ist ja schon langweilig, aber mit der Klugheit der Menschen ist es wirklich nicht weit her.
Mittlerweile las Charlie ungestört weiter: *„Ich höre schon, wie Du wieder protestierst. Espi und artig - das passt Dir natürlich überhaupt nicht! Ich bin ja auch noch nicht fertig - ich finde dich nämlich großartig, einzigartig, manchmal eigenartig und sogar selten auch bösartig, wenn du dich über etwas sehr ärgerst. Das spüren wir nämlich, wir - die dich mögen. Du hast eine wunderbare Aufgabe hier erfüllt, ich durfte wieder merken, wie schön es ist zu leben."*
Na Puntito, was sagste nun? Der sagt gar nichts, sondern schaut bewusst gelangweilt zum Fenster raus. Kann ich auch verstehen, allmählich hat er schon mitgekriegt, wie wichtig ich bin. Aber er doch auch - ich will mich nicht von ihm trennen.
Halt, ich muss ja zuhören, sonst weiß ich nachher nicht, was Johann mir noch geschrieben hat.
Charlie las: *„Ich kann nur sagen, wie gut, dass du dich vor Wochen nicht festgehalten hast und mir dadurch sozusagen in die Arme geflogen bist."*

Das ist allerdings ziemlich untertrieben, mein lieber Johann. Ich bin ganz schön hart auf den Boden geknallt, hast du das schon vergessen?

Gott sei Dank, dass Charlie eben eine kleine Pause gemacht hat, sonst hätte ich wieder nicht alles mitbekommen. Sie hat mich vom Fensterbrett hochgenommen, anscheinend wollte sie, dass ich nah bei dem Brief sei, so, als könnte ich den lesen. Ach, wäre das schön.

„Lieber Espi, sei nicht traurig, wenn wir uns nun eine Weile nicht sehen - das bedeutet gar nichts. Ihr kommt sicher wieder und vielleicht komme ich irgendwann nach Frankfurt."

He, ich wohne doch in Mainz - allmählich dämmert es mir, dass der Brief nicht nur an mich geschrieben ist, sondern über mich auch an Domi.

„Ich schick dir all meine lieben Grüße. Und du gib sie weiter, an wen du möchtest. Bis bald irgendwann - Dein Johann."

Wenn ich gekonnt hätte, hätte ich mich abgewandt, damit Charlie nicht sieht, wie gerührt ich bin. Aber ich glaube, das kann man sowieso nicht sehen.

Charlie hatte mich wieder auf die Bank auf dem Balkon gesetzt. Ich bin so unendlich niedergeschlagen - immer ist alles im Leben nicht nur glücklich, sondern auch traurig - aber dann auch wieder glücklich! Als ich noch so darüber nachdachte, entdeckte ich die Vögel. Die Möwen, wie Charlie die weißen großen Vögel nennt, haben wir schon oft beobachtet und noch öfter gehört, aber die machen mir ein wenig

Angst - sie sind so groß und schreien so schrill. Ich meine die kleinen Vögel, die in großen Schwärmen übers Haus fliegen. Und wenn ich Domi richtig verstanden habe, nehmen die auch gerade Abschied, weil sie nach Süden fliegen, wo dauernd die Sonne scheinen und es immer warm sein soll. Und während ich sie übers Haus fliegen sehe, in wunderschönen Formationen frag ich mich - Enten können doch auch fliegen? Warum kann ich das nicht? Dann könnte ich die Entfernungen schnell überwinden, könnte einen Tag bei Domi und Puntito in Frankfurt sein, könnte rasch zu Johann fliegen und auch wieder zurück zu Charlie.

Ach, manchmal ist es eben doch nicht so schön, keine richtige Ente, sondern nur ein Kuscheltier zu sein. Fliegen muss wunderbar sein - nah den Wolken, der Sonne, so leicht und ohne alle Begrenzungen - einfach nur frei.

10. Kapitel

Wir sind wieder zu Hause - Domi und Puntito sind sofort weitergefahren nach Frankfurt, während Charlie gleich anfängt, in den Alltag zurückzukehren, wie sie es nennt. Koffer auspacken, was in den Schrank gehört, aufhängen. Schmutzige Wäsche in die Waschmaschine, einkaufen gehen, ich finde das nach der herrlichen Ruhe in Duhnen ziemlich hektisch.

Als Charlie mich an meinen gewohnten Platz setzen möchte, schaute sie mich vorher so komisch an - irgendetwas schien ihr aufgefallen zu sein. Und dann meinte sie: *„Espi, der Sturz ist doch nicht so spurlos an dir vorüber gegangen. Dein Hals wird ja immer dünner. Ich habe richtig Angst, dass da eines Tages was passieren wird.“*

Ich kann mir zwar nicht vorstellen was - etwa dass ich den Kopf verlier? Den habe ich doch längst verloren, wenn ich daran denke, wie sehr ich den Puntito vermisse. Ich glaube auch nicht, dass Domi den kleinen Tiger öfter mitbringen wird - sie mag ihn zwar sehr, aber sie hat auch noch andere und im Augenblick ist so ein Kleiner dran, von dem ich noch nicht mal weiß, was er darstellen soll. Und einen Namen hat er ebenfalls noch nicht - ist mir auch egal. Warum muss sie überhaupt neben dem Puntito noch jemand anderes haben? Treu ist das auch nicht gerade, oder?

Ach Charlie, du hast immer vor allem gleich so viel Angst, gewiss fällt dir wieder irgendetwas ein, von dem du annimmst, meinen dünnen Hals reparieren zu können. Ich bin jedenfalls sehr skeptisch.
Ja, tatsächlich, es ist ihr etwas eingefallen - ich wollt es ja erst nicht glauben und noch weniger das Drumherum. Charlie hat am nächsten Morgen gesagt, *„Espi, ich häkle dir einen Schal"*.
Was will sie denn damit? Und warum soll ich denn dauernd einen Schal tragen - ist er so etwas Ähnliches wie die Dinger, die man Halskrause nennt? Sooo alt bin ich doch noch nicht!
Aber alles Wehren, das sie sowieso nicht gemerkt hat, half nichts, sie hat mich einfach wieder in ihre Tasche gesteckt und ist mit mir in ein Wollgeschäft gegangen. Und dann entspann sich ein Gespräch, das wieder typisch Charlie war. In dem Laden nahm sie mich aus ihrer Tasche und meinte zu der Frau, die da bediente: *„Diese kleine Ente gehört meiner Enkelin und die ist so traurig, weil der kleine Kopf anscheinend nicht mehr richtig fest ist."*
„Die sieht aber witzig aus! Ich hab noch nie so eine Ente gesehen!"
Und ich nicht jemand so Dummes wie dich - ich seh doch nicht witzig aus! Aber im Grunde war das gar nicht so wichtig, ich habe mich nur wieder einmal schrecklich für Charlie geschämt. Da hatte sie tatsächlich nicht den Mut zu sagen, dass ich ihr gehöre. Schade, dass ich nicht sprechen kann, ich hätte das sofort richtig gestellt. Stattdessen musste ich dieser

blöden Unterhaltung weiter folgen - was wirklich kaum zum Aushalten war. Die Frau meinte ein wenig ratlos: *„Und wie haben Sie sich eine Reparatur vorgestellt?"*

Das fehlte noch - am Ende würde die mich noch einschicken wollen. Ich bin doch kein Auto, das man reparieren muss. Ich wurde immer ärgerlicher.

„Tja, ich habe mir gedacht, ich häkle ihr einen Schal in der gleichen grünen Farbe wie ihr Kopf."

Einen grünen Schal! Und den soll ich wohl ständig tragen - auch wenn mir noch so warm ist oder gar auch nachts? Bisher war ich nur ärgerlich, aber nach den nächsten Worten dieser Frau, wurde mir richtig schlecht vor Wut und Verzweiflung.

„Warum werfen Sie das Ding nicht einfach weg. Wenn ich richtig sehe, ist dieses Tierchen in China hergestellt - die sind doch spottbillig - da lohnt es sich nicht, noch irgendetwas an dem zu reparieren. Den entsorgen Sie und kaufen einen neuen für ihre Enkelin."

Wie hielt Charlie das nur aus? Dieses Weib ist verrückt geworden, typisch Wegwerfgesellschaft, über die sich Charlie schon so oft aufgeregt hat. Endlich weiß ich, was das ist - weg mit dem Espi, kaufen wir doch einfach einen neuen.

Plötzlich ertönte Charlies Stimme und alle Freundlichkeit war aus ihr gewichen: *„Wissen Sie, es mag ja sein, dass Ihnen das, was anderen viel bedeutet, gleichgültig ist. Mir nicht."* Sie schrie diesen Satz fast - bravo Charlie.

„Ich möchte, dass sie sich augenblicklich bemühen, mir in diesem Grün eine Wolle zu suchen und gleich eine Häkelnadel dazu."
Unter Murren machte sich die Frau auf die Suche und fand wohl ein Grün, das anscheinend fast genau der Farbe meines Kopfes entsprach. Denn Charlie schien zufrieden. Sie zahlte und sagte dann noch:
„Ich werde Ihren Laden sicher nicht weiter empfehlen - ich mag keine Menschen, die glauben, alles entsorgen zu können, sogar die Gefühle anderer."
Die Frau schimpfte hinter Charlie her, als diese stolz und kerzengerade den Laden verließ. Dann schienen ihre Nerven ein bisschen nachzugeben, denn sie drückte mich ganz leicht, ihre Hand zitterte und sie murmelte: *„Entschuldige Espi - das hab ich nicht gewusst, und es tut mir auch leid, dass ich mich nicht zu dir bekannte. Aber es ist so schwer in unserer Gesellschaft, zu den einfachsten Gefühlen zu stehen - meist gilt doch nur, was man scheint, nicht das, was man ist."*
Ich hatte ihr zwar aufmerksam zugehört, aber gleichzeitig dachte ich, wenn man den Leuten nur die Gelegenheit gibt, den Schein wahrzunehmen, warum wundert dich das dann? Warum macht ihr es euch so schwierig zuzugeben - ja, das fühle ich, ja, das denke ich und zu dem stehe ich?

Zu Hause nahm Charlie gleich diese komische Nadel, machte eine Schlaufe in den Wollfaden und fing an zu häkeln - aber die Freude von heute Morgen war nicht mehr zu spüren. Nach einem halben Stündchen

schlang sie einen dünnen, grünen, leichten und wunderhübsch gehäkelten Schal um meinen Hals. *„So, nun kann dir nichts mehr passieren und elegant sieht das auch noch aus."*
Seltsamerweise interessierte es mich überhaupt nicht mehr. Ich musste erst damit fertig werden, dass Wahrheit anscheinend bei den Menschen ein sehr dehnbarer Begriff war.

*

Von Johann - nichts. Ich muss schon sagen, mein Leben ist ärmer geworden. Kein Johann - kein Puntito - selten Domi. Nicht dass ich nicht gern bei Charlie wäre, aber die Wochen in Duhnen waren so abwechslungsreich - na ja, vor allem für mich - und nun nur Ruhe und Charlies Schreiben und manchmal rausgehen oder nach Frankfurt zu Domi fahren. Dann bringt sie auch den Puntito mit ins Auto. Ich glaube, er freut sich genauso wie ich, wenn wir ein Stündchen zusammen sein können. Er erzählt dann stolz von seinem Harem - was immer das sein soll. Die Kuscheltiere in diesem Harem haben die absonderlichsten Namen, die kann ich mir nicht merken. Ist ja auch unwichtig - Hauptsache, ich kann den Puntito sehen.

Und wie geht es Domi mit Johann - den trifft sie ja im Augenblick überhaupt nicht. Selten sprechen die

beiden Freundinnen von ihm - es ist fast, als wollten sie keine Wunden berühren.
Aber - heißt lieben denn immer auch verwundet werden? Und ist dies überhaupt Liebe? Wenn Domi sich so mit Charlie verbunden fühlt, wie sie vor Tagen gesagt hat, mag sie dann überhaupt noch mit jemand anderem eine Bindung eingehen?
Doch all diese Fragen traten in den Hintergrund, als Charlie eines Tages vor Freude außer sich - wild mit einem Brief fuchtelnd - in die Wohnung stürmte. Sie stürzte gleich ans Telefon und rief Domi an. Es war ein Mittwoch und an diesem Tag hat die Domi immer frei, und sie war sogar zu Hause.
Charlie sprach so laut und so euphorisch in den Hörer, dass ich fast nichts verstand. Nur so viel, es ging wieder einmal um Lesungen aus ihren Büchern. Ich konnte mir zwar nur wenig darunter vorstellen, war mir aber sicher, dass Charlie mir das gleich erklären würde. Sie kann solche Sachen nicht so gut für sich behalten.
Als sie fertig telefoniert hatte, kam sie tanzend und lachend zu mir, nahm mich hoch, küsste mich überschwänglich auf meine Nase - die regt wohl immer zum Küssen an - und erklärte mir: *„Espi, du hast bald eine berühmte Schriftstellerin in mir. Ich habe endlich einen festen Vertrag über eine Reihe von Lesereisen bekommen und zwar durch ganz Deutschland, und Du wirst mich als unser Talisman begleiten."*
Viel vorstellen konnte ich mir unter diesen Sätzen nicht, aber Charlie war so glücklich, langte das nicht,

um sich zu freuen? Allerdings hat sie doch schon in verschiedenen Städten gelesen - freute sie sich jetzt so, weil es ein fester Vertrag war - was immer das sein sollte?
Doch dann erschrak ich und wollte fragen: „Und Domi? Kommt sie mit?" und im gleichen Augenblick dachte ich 'das wäre doch toll, denn dann kommt der Puntito auch.'
Aber wie gewohnt - wie soll ich denn meine Fragen stellen können. Wer mich auch immer geschaffen hat, warum hat er mir - wenn ich denken kann - nicht auch eine Stimme zum Sprechen gegeben?
Aber offensichtlich kann ich mehr als sprechen, ich hab es ja schon öfter gemerkt, dass ich meine Gedanken übertragen kann. Denn Charlie nahm mich noch fester in den Arm und sagte. *„Und stell dir vor, Julia hat den gleichen Vertrag bekommen, denn wir sind ja beim selben Verlag und dann begleiten wir uns zu den einzelnen Terminen. Espi - und dann werden wir ihr sagen, dass sie unbedingt den Puntito mitbringen muss. Einverstanden?"*
Wenn ich gekonnt hätte, würde ich laut jubeln. Das versprach jedenfalls eine wirklich besondere Zeit zu werden.

An dem Abend läutete noch oft das Telefon, entweder war es Charlie oder dann wieder Domi, denen immer noch etwas Neues einfiel. Die Lesungen sollten - wenn ich es richtig verstanden habe - in Weingütern stattfinden und dann in großen Städten, jedenfalls sagte Charlie das. Ich fragte mich zwar, was Wein mit Lesen zu tun hatte - aber mit der Zeit wurde ich immer müder - es war wohl das erste Mal, seit ich bei Charlie bin, dass ich vor ihr einschlief. Ich habe mich das nie getraut, weil Domi mir einmal zugeflüstert hat, ich müsste sehr auf Charlie aufpassen - sie soll irgendetwas mit dem Herzen haben. Deshalb warte ich immer, bis sie eingeschlafen ist, aber heute glaube ich, brauche ich nicht aufzupassen, Charlie ist viel zu glücklich, da kann ihr gar nichts passieren. Ich habe nämlich schon gemerkt, dass die Menschen, die sich so richtig freuen können, auch viel Kraft haben. Ob das eine was mit dem andern zu tun hat? Ich muss da mal den Puntito fragen, der weiß immer so viel. Zumindest sagt er das.

Am Wochenende kam Domi und die beiden besprachen, wie sie das mit den Reisen machen wollten. Sie stellten Pläne auf, suchten Routen zusammen, Namen tauchten auf, die ich noch nie gehört habe wie Berlin, Nürnberg, Wien, Stuttgart und dann wieder schwärmten sie von kleinen Ortschaften mit großen Weingütern - es würde wohl ein richtiges Abenteuer werden. Und ich werde im Gegensatz zu ihren früheren Lesungen, wo ich ja noch nicht bei Charlie war, überall dabei sein. Wie soll man da nicht vor Stolz platzen.

11. Kapitel

All diese Fragen waren von einem Augenblick zum andern nicht mehr so wichtig, denn abermals wurde es kein ruhiger Tag, wie Charlie ihn sich ursprünglich vorgenommen hatte, als sie mich mal wieder zur Prozedur des Waschens ins Bad geschleppt hatte. Da schellte es. Ich weiß wirklich nicht, was sie für einen Sauberkeitsfimmel hat! Jetzt ließ sie mich - mit einem Rest von Seife - am Waschbeckenrand sitzen und ging, sich die Hände an einem Tuch abtrocknend, zur Tür, um zu öffnen. Dann hörte ich nur noch einen Schrei *„Claudius, wo kommst du denn her? Mensch, was für eine Überraschung. Wann bist du angekommen? Und wie geht es den andern in München?"*
München - Claudius - das konnte nur ihr Sohn sein! Jetzt kann ich nur hoffen, dass sie mich nicht vergisst und ewig hier sitzen lässt.
Nach einer Weile öffnete sich die Tür, ich hörte noch *„Mama , ich muss grad mal"* und dann stand dieser Claudius vor mir. Mein erster Gedanke war, der verändert sich aber auch nie, und ich muss zugeben, er sieht verdammt gut aus, groß, schlank, dunkelhaarig und wie beim ersten Mal, als ich ihn kennen lernte, braun gebrannt. Charlie hatte mich jedes Mal versteckt, wenn er sein Kommen ankündigte. Trotzdem hatte es immer Augenblicke gegeben, wo ich ihn

gesehen habe. Jetzt schaute er genauso verdutzt wie ich. Ich wurde wütend, denn wenn die Erwachsenen sich waschen, dürfen sie das Bad abschließen. Bei mir macht das Charlie nicht - wie seh ich denn aus, so nass und mit Seife und überhaupt? Und der ist so hübsch! Claudius nahm mich vorsichtig mit zwei Fingern hoch und ging zu seiner Mutter raus. *„Was soll denn das? Ist das deine Freizeitbeschäftigung - Kuscheltiere zu waschen?“*

He, ich bin kein normales Kuscheltier, ich bin Espi, der Lebenspartner deiner Mutter. Gut, das ist vielleicht ein bisschen übertrieben, aber so wirklich auch wieder nicht.

Charlie nahm mich ihrem Sohn ab. Sie war sichtlich verlegen, aber nun konnte sie wirklich keine Ausrede mehr finden. *„Das ist Espi, er ist Julias und mein Talisman. Manchmal muss er halt auch gewaschen werden. Gell, Espi?“* Und sie fing an, mich vorsichtig mit dem Tuch abzutrocknen, das sie mit an die Tür genommen hatte, als wir in unserer Zeremonie - die aber nur Charlie gefiel - unterbrochen worden waren.

„Redest du seit neuestem mit Kuscheltieren? Du musst dich ja ziemlich allein fühlen.“

„Was hat das eine mit dem andern zu tun?“, fragte Charlie. Aber ich merkte, dass es ihr gar nicht angenehm war, dass ihr Sohn mich entdeckt hatte und obendrein noch in einem solchen Augenblick. Anscheinend findet er es nicht normal, dass auch ein Kuscheltier gepflegt werden musste. Oder war da noch mehr? Was ging es mich an - ich genoss das

warme Handtuch und die behutsamen Hände von Charlie.
Mittlerweile hatte Charlie wieder ihre Sicherheit zurückgewonnen und meinte jetzt sehr energisch: *„Claudius, nur weil ich ein Kuscheltier habe - es heißt übrigens Espi - bin ich noch nicht dement und auch nicht allein. Ganz im Gegenteil, mein Leben ist so ausgefüllt wie schon lange nicht mehr. Julia und ich verreisen gemeinsam, wir genießen unseren Urlaub, haben viele Lesungen, und ich schreibe natürlich weiterhin an meinem nächsten Buch - also was fehlt mir, sag du es mir?"*
Claudius schaute seine Mutter ziemlich verunsichert an: *„Nun ja, das eben war doch - na, sagen wir mal, eher etwas, was man als Kind macht - sein Kuscheltier zu waschen, mit ihm zu sprechen. Du tust gerade so, als wäre er lebendig."*
He, was soll das denn - natürlich bin ich lebendig. Blöder Kerl! Warum fühlt der sich so überlegen?
Charlie befühlte mich, ob ich auch wirklich einigermaßen trocken wäre, setzte mich auf ihr Sofa und drehte sich ihrem Sohn zu - dem übrigens das „auf die Toilette gehen" völlig vergangen war.
„Claudius, mag sein, dass dir das im Augenblick komisch vorkommt. Aber dass wir ein Kuscheltier haben, bedeutet noch lange nicht, dass wir plötzlich nicht mehr zurechnungsfähig wären. Wir haben ihn gekauft, ich gebe zu, er spielt heute eine ziemlich wichtige Rolle für uns, wie das oft mit einem Talisman ist. Außerdem haben wir durch ihn auch sehr nette Bekanntschaften gemacht."

Da schaltete sich wieder mein kritischer Verstand ein, denn so viele sind es nun auch wieder nicht, aber immerhin habe ich ihnen die Bekanntschaft mit Johann vermittelt, wenn auch sehr unbeabsichtigt.
Charlie hatte mittlerweile weitergesprochen. *„Ich weiß Claudius, du hast schon oft gemeint, dass ich zu euch nach München ziehen soll. Aber ich habe mir hier eine eigene Welt aufgebaut. Ich bin sehr froh, dass ich nach dem Tod deines Vaters den Anschluss an ein noch immer lebendiges, herausforderndes Dasein gefunden habe - du brauchst dir keine Sorgen zu machen, dass meine Beschäftigung darin besteht, unseren Espi zu waschen. Und wenn ihr mich braucht, das heißt wenn Not am Mann ist, komme ich ja auch jederzeit nach München, wie du ganz genau weißt."*
Wie komisch, warum sagt sie „Not am Mann", sie ist doch eine Frau! Dass ich es nie lassen kann, alles, was Domi und Charlie sagen, so wichtig zu nehmen und auch so kritisch zu hinterfragen. Ok, dafür bin ich halt auch eine weit gereiste, besondere Ente - aber es ist besser, ich höre Charlie weiter zu. Das ist allerdings ein bisschen schwierig, denn sie sind in die kleine Küche gegangen, wo Charlie für Claudius einen Kaffee kochen wird - hat sie zumindest gesagt. Also höchste Konzentration, lieber Espi! Denn was die gerade bereden, hat ja auch mit deiner Zukunft zu tun. Und ich will nicht nach München! Als würde das eine Rolle spielen, was ich wollte oder nicht.
„Darum geht es doch gar nicht, Mama. Ich möchte, dass du weißt, dass du jederzeit nach München kommen kannst, auch für lange Monate und nicht immer nur für die

Stippvisiten, wie du sie dir seit Vaters Tod angewöhnt hast."

„Ach Claudius" - ich konnte von meinem Platz aus sehen, wie sie ihren Sohn, der wesentlich größer als sie ist, umarmte - sie musste sogar zu ihm aufschauen und wirkte auf einmal so zerbrechlich und verwundbar. *„Claudius, du brauchst dir ganz sicher keine Gedanken um mich zu machen."*

Mittlerweile waren sie wieder ins Wohnzimmer zurückgekommen. Claudius nahm mich hoch und schaute mich forschend an: *„Natürlich versteh ich dich und ich glaube auch kaum, dass dieser Espi dein Lebensinhalt ist."*

Woher willst du das denn wissen? Was sie dann noch geredet haben, interessierte mich nicht mehr sonderlich. Mir schien nur Claudius konnte Charlie nicht wirklich verstehen und ich fand ihn arrogant.

Domi wollte auch unbedingt Claudius begrüßen, am Mittwoch kam sie zu uns. Nachdem sie beide umarmt hatte, nahm sie mich hoch, drückte mir einen leichten Kuss auf die gelbe Nase und sagte: *„Na Espi, geht's dir gut? Hast du dich wieder eingewöhnt?"*

Claudius sah sie irritiert an: *„Sag nur, du findest den auch wichtig?"*

He, ich hab einen Namen, ich bin nicht einfach „den". Schade dass ich Domi nicht sagen kann, wie sehr ich den Puntito und sie und auch den Johann vermisse und dass ich mich noch gar nicht wirklich wieder eingelebt habe, sondern mich oft ziemlich einsam fühle. Das darf Charlie natürlich nicht erfahren, aber

es ist wirklich nicht sehr abwechslungsreich, meist auf einem Schreibtisch zu sitzen und dem Geklapper der Tastatur zuhören zu müssen.
Domi hatte sich an Claudius gewandt. *„Aha, also auch so ein Abgeklärter “*, sagte sie lachend. *„Bei deiner Mutter drückst du vielleicht ein Auge zu, weil sie älter ist, aber ich, die Jüngere, kann doch nicht auch so blöd sein! Aber weißt du, ich fühle mich nicht beschränkt oder albern und nach diesem Urlaub mit unserem Espi schon gar nicht. Durch ihn haben wir einen wunderbaren Menschen kennen gelernt.“*
Ich setzte mich vor lauter Stolz kerzengerade hin - es stimmte, der Johann war ein außergewöhnlicher Mensch, und der hat mich nicht verlacht!
Claudius schwieg, aber er sah sehr nachdenklich aus.

Er blieb vier Tage, und danach konnte ich meine Meinung über ihn ändern und darüber war ich sehr froh. Schließlich war er Charlies Sohn, und ich merkte schon, dass sie sehr an ihm hängt.
Es war am zweitletzten Tag seines Aufenthaltes, als ich folgendem Gespräch zugehört habe. Das klingt bestimmt immer sehr nach unerlaubtem Lauschen, aber schließlich sitze ich mitten auf dem Tisch und die beiden auf der Couch und sie unterhalten sich so laut, dass ich gar nicht anders kann, als alles mitzukriegen.
Also es ging um die Schwiegermutter von Claudius, die er offenbar sehr gern hatte.

„Weißt du, Mama , sie tut mir oft so leid. Sie will unbedingt selbstständig sein und vor allem bleiben, aber dann merkt man wieder, wie einsam sie sich fühlt. Sie hat halt bei weitem kein so ausgefülltes und aktives Leben wie du! Ich würde ihr so gerne helfen, und der Espi hat mich da auf eine Idee gebracht."
Na, da bin ich aber mal gespannt. Erst Johann, jetzt Claudius! Da sag noch einmal einer, wir Kuscheltiere seien unwichtig!
Charlie schaute ihn lächelnd an: *„Du meinst , die Reaktion und die Worte von Julia und mir haben dich nachdenklich gemacht. Es ist halt so furchtbar leicht, Menschen, die Halt auch an solchen, für sie so wichtigen Dingen finden, auszulachen, zu verspotten oder gar zu verachten.*
„Vielleicht stimmt das. Aber damit ist meiner Schwiegermutter noch nicht geholfen. Ich habe mir gedacht", das Weitersprechen schien Claudius ziemlich schwer zu fallen. Charlie hatte meiner Meinung nach so was von recht. Ich bin ja noch nicht so lange auf dieser Welt, aber eines habe ich doch schon festgestellt, die Menschen sind so von sich überzeugt, von ihrem Verstand und Wissen und ihrer Einzigartigkeit, eigentlich ein bisschen lächerlich. Ich bin gespannt, was bei dieser Unterhaltung rauskommt.
Charlie sah Claudius liebevoll an: *„Du meinst, dass vielleicht ein Kuscheltier eine kleine Hilfe sein könnte? Aber du hast Angst, dich lächerlich zu machen - stimmt's?"*

Claudius nickte. Nach einer Weile sagte er: *„Du kennst doch Thilda, immer perfekt gekleidet, immer die unnahbare alte Dame - vielleicht zweifelt sie an meinem Verstand, wenn ich ihr mit so was komme."*
Warum sagte er „Sowas". Ich fühle mich nicht als „Sowas". Aber was dann kam, hat mich doch sehr erstaunt. Claudius sagte: *„Meinst du, ich sollte es versuchen? Würdest du - na ja, würdest du mit mir so ein Kuscheltier kaufen gehen?"*
„Natürlich, sehr gerne, mein Großer", und sie verwuschelte in einer zärtlichen Geste sein dunkles lockiges Haar.

Am Nachmittag gingen sie in die Stadt, und ich war so gespannt darauf, was sie besorgen würden. Denn ich bin mir sehr sicher, dass Charlie mir das neue Kuscheltier zeigen wird.
Am Abend kamen sie in sehr heiterer Stimmung nach Hause. Charlie hatte eine Menge Tüten in Händen, eine dunkelblaue sah besonders elegant aus. Daraus zog sie einen kleinen Kater. Na ja, klein kann ich nicht gerade sagen, er war mindestens doppelt so groß wie ich, aber er sah wirklich süß aus, und ich fand es schade, dass ich, als sie ihn mir hinhielt, nicht sagen konnte, dass er mir sehr gefiel. Nur dem Kater sagte ich es und da kam ein kleines Leuchten in seine Augen. Obgleich ich Charlie nicht antworten konnte, fragte sie: *„Was glaubst du, Espi - wird er Thilda gefallen? Wird sie ihn auch so mögen wie wir dich?"*
Vielleicht ...

*

Wir starten zu unserer ersten Lesereise. Gut, das klingt ein wenig übertrieben, Domi und Charlie reisen, aber Puntito und ich dürfen mit. Was hab ich mich gefreut, als Domi ihn gestern Abend aus ihrer Tasche holte - unsere Freundinnen bekommen ja nicht mit, wie viel wir uns bedeuten, der Puntito und ich - aber wir hätten uns am liebsten umarmt, was ja leider nicht geht. So meinte er nur sehr zärtlich: „Na, du kleines hässliches Entchen!“ Und ich hab mich darüber gar nicht geärgert, ich wusste mittlerweile, wie er das meinte.
Als wir alle im Auto saßen, dachte ich wieder einmal, wie gut es war, dass wir beide so klein sind, denn zu viert in Charlies rotem Auto! Oje – das kann ich mir höchstens auf kurzen Strecken vorstellen, aber auf langen ...!
Ich fahr gern mit Charlie, sie macht stets das Schiebedach weit auf, dann hat sie immer so tolle Musik dabei, die sie ganz laut stellt und langsam fährt sie auch nicht gerade. Seltsam finde ich allerdings das, was an der vorderen Scheibe klebt. Es ist so ein komisches Ding, das alle paar Minuten so was sagt wie *„nehmen sie die rechte Spur“* - *„halten sie sich links“* - *„wenden sie“* - *„nehmen sie die nächste Ausfahrt“*!
Ich finde das sehr lustig, aber noch lustiger ist es, dass Charlie diesen Befehlen auch noch folgt. Ich weiß ja nicht, wer da spricht, Charlie nennt sie *„meine Tussi“*.

Ob sie die näher kennt? Jedenfalls amüsieren wir uns da hinten so richtig, manchmal kann der Puntito gar nicht aufhören zu kichern.

Domi hatte am Morgen beim Frühstück gemeint, dass sie heute eine lange Strecke fahren würden. Ich bin jedes Mal froh, wenn Domi bei Charlie übernachtet - und das macht sie, Gott sei Dank, sehr oft. Jedes Wochenende und an den Feiertagen - ich weiß zwar nicht, was da gefeiert wird, vielleicht weil Domi frei hat und zu Charlie kommt?!
Vorhin sagte Charlie strahlend zu mir, als sie mich neben Puntito auf die hinteren Sitze platzierte: *„Zuerst fahren wir nach Nürnberg, bleiben dort zwei Tage, ich lese in der Frauenpowergruppe, dann geht es nach Stuttgart zu den internationalen Buchwochen, wo wir gemeinsam lesen werden. Danach noch nach Ludwigsburg - ich hoffe, ihr freut euch mit uns. Und du bringst uns Glück, mein Kleiner."*
Wenn du meinst, dass ich dazu fähig bin! Übernatürliche Kräfte werden uns Kuscheltieren zugesprochen und im Grunde können wir doch gar nichts machen oder an irgendwelchen Situationen etwas ändern. Und wenn doch?

Gegen Abend waren wir in dieser Stadt, die Charlie Nürnberg genannt hat und mussten uns sehr beeilen, denn die Lesung war schon in zwei Stunden. Also rein ins Hotel, den kleinen Koffer auspacken - ich wunderte mich schon, denn diesmal hat selbst Charlie

wenig mitgenommen - dann die Schminke auffrischen und ab ins nächste Taxi, mich hatte sie zusammen mit Puntito in die Büchertasche gesteckt - wieder eine neue Erfahrung - ich hatte nicht gewusst, dass Buchstaben und Worte einen so seltsam verführerischen Geruch verströmen.
Es waren viele Frauen da, jetzt weiß ich wenigstens, was Frauenpower ungefähr heißen soll, jedenfalls war die Lesung ein Erfolg und Charlie hat dauernd ihren Namen in ihre eigenen Bücher geschrieben. Das fand ich ein bisschen komisch, denn der steht doch schon draußen drauf.

Danach machten wir noch einen Bummel durch die Stadt und Charlie sprach davon, wie sie im letzten Kriegsjahr vor langer Zeit mit ihrer Mutter und ihrem kleinen Bruder nachts durch Nürnberg laufen mussten, weil der eine Bahnhof kaputt gebombt war. Mir wurde ganz komisch, als sie erzählte, dass direkt neben ihnen eine große Hauswand eingestürzt sei. Und dass man vor Staub fast nichts sehen und kaum atmen konnte und dass dauernd Sirenen geheult hätten. Es wäre ein schrecklicher Lärm gewesen und doch alles wie tot. Und der Himmel glühend rot von all den Bränden, die Nürnberg damals zerstörten. Ein altes, verwirrtes Ehepaar wäre zu ihnen gekommen und hätte dauernd gestammelt: 'Das ist alles, was von unserem Leben übrig geblieben ist" dabei hätten sie ganz verzweifelt auf einen kleinen Koffer gezeigt. *„Und stell dir vor"*, berichtete Charlie weiter. *„Meine*

Mutter lief in eine falsche Straße rein und plötzlich hörten wir Soldaten schreien, 'raus da, da ist doch alles vermint.' Was haben wir für Angst gehabt." Sie schwieg einen Moment und fügte dann nachdenklich hinzu: „*Wie lange habe ich daran nicht mehr gedacht, aber ich war ja auch seither nie mehr in Nürnberg."* Domi legte liebevoll den Arm um Charlie: *„Es ist wirklich ein Segen dass wir seit so vielen Jahren keinen Krieg mehr haben."*

Was bedeutete Krieg, was waren Bomben? Es musste etwas ganz Furchtbares sein, denn meine beiden Freundinnen gingen ganz eng umschlungen weiter, so, als wollten sie sich gegenseitig schützen. Plötzlich sagte Charlie:
„Julia, ich glaube, ich war noch nie so glücklich wie mit dir. Es gibt so viele verschiedene Arten von Glücklichsein, und ich bin so dankbar, dass ich so viele kennen lernen durfte. Mit meinem Mann, mit Claudius, mit dir und mit meinen Büchern. Ich kann es kaum fassen, dass schon zwei Bücher von mir auf dem Markt sind. Es war so lange mein innigster Traum."
Sie machte eine lange Pause und ich wunderte mich, dass Domi nichts antwortete. Aber nach einer Weile meinte diese sehr nachdenklich: *„Warum kannst du es nicht glauben? Zweifelst du an dir? Alle Lesereisen, die du bisher gemacht hast, waren Erfolge. Wir haben beide das gefunden, was wir am liebsten machen - nämlich schreiben. Deine Bücher sind erschienen, mein zweites kommt dieses Jahr raus, wir haben doch jeden Grund, nicht nur zufrieden, sondern sogar glücklich zu sein."*

Charlie hatte Domi ruhig zugehört, sagte dann aber: *„Hast ja recht und wenn ich an die Lesereisen denke, bin ich einfach nur stolz. Heute Nürnberg, Stuttgart und Ludwigsburg. In vier Wochen nach Wien und Berlin, außerdem die zahlreichen anderen Orte, wo wir zu Lesungen eingeladen sind, mal du, mal ich, das ist einfach großartig. Und doch denke ich noch immer, ich würde eines Tages aufwachen und alles wäre vorbei und nur Einbildung gewesen."*
„Einbildung? Warum denn Einbildung? Dafür hast du doch gekämpft, hast nicht nur geträumt, sondern etwas geschaffen, das ist doch grandios."
„Meinst du?"
„Ach, komm her", ich spürte, wie Domi Charlie noch enger an sich zog. Und als Charlie flüsterte: *„Ich bin so froh, dass wir uns getroffen haben, dass gerade wir zusammen sind"*, wusste ich, dass ich eben etwas Wunderbares erlebt habe - nie hätte ich gedacht, dass zwei Menschen so verbunden sein könnten, dass es eine solche Gemeinsamkeit geben könnte. Das war doch auch Liebe und nicht nur das mit Johann, oder?
Wie gut, dass Puntito schon schläft, dann konnte er nicht sehen, wie gerührt ich war. Was hatte ich doch für ein Glück gehabt, dass mich gerade Domi und Charlie damals ausgesucht hatten. Na ja, wenn ich ehrlich bin, war es Charlie, sie hat mich schließlich noch umgetauscht.

12. Kapitel

Wie schnell waren die wunderbaren Tage dieser Lesereise vergangen. Über eine Woche waren wir schon wieder zu Hause. Der Tag heute hat so gut angefangen, denn ich habe gehört, wie Charlie mit Domi telefonierte und sie ausgemacht haben, dass Charlie sie in Frankfurt abholen würde. Domi hat kein Auto, die mag all das moderne Zeugs nicht. Charlie nannte einen Ort, an den sie fahren wollten - ich glaube, er heißt Schierstein. Und dass sie dort am Rhein spazieren und anschließend noch gemütlich essen gehen wollten. Ob ich...? Meine unausgesprochene Frage wurde rasch beantwortet, denn als Charlie das Telefon wieder auf die Station stellte, nahm sie mich sofort hoch und meinte: *„Na, Herr Espi, haben Sie Lust, die beiden Damen zu begleiten?“*

Puh, wie vornehm, aber natürlich hatte ich Lust und sogar viel. Denn heute wird Domi auch sicher wieder den Puntito mitbringen.

Charlie machte sich fertig, das ist immer eine kleine Zeremonie - auf die Toilette gehen, Make-up, wie sie es nennt, kontrollieren, Lippen schminken, ins Schlafzimmer zum großen Schrank eilen, da hat sie genügend Spiegel, um ihre Frisur von vorne und hinten zu bewundern - sie sagt ja immer von sich, dass sie sehr eitel ist. Ich weiß zwar nicht genau, was das ist, aber das muss mit all dem Getue zusammenhängen, was sie macht, bevor sie aus dem Haus geht.

Danach ist beileibe noch nicht Schluss mit den Vorbereitungen. Weil Charlie sich am Fuß verletzt hat, muss sie eine Krücke nehmen, sie sagt immer 'Krücke' und dann verbessert sie sich und meint spöttisch „meine Gehhilfe". Die hat sie von oben bis unten mit lauter Schmetterlingsstickern beklebt und mir erklärt: *„Weißt du, Espi, da es keine eleganten oder lustigen Krücken gibt, habe ich meine eben ganz besonders geschmückt. Und weil ich mich gern so leicht wie ein Schmetterling bewegen möchte, kam mir diese Idee"*, und dann hält sie mir ihre blaue Krücke vorsichtig unter die Nase und bewegt sie einmal nach links und dann nach rechts, damit ich die einzelnen bunten Flattermänner auch bewundern kann. *„Also ich finde es lustig"*, sagt sie und dann etwas bedrückt *„obwohl - sich leicht wie ein Schmetterling bewegen - das ist auch schon länger her"*.

In dieser Hinsicht bewundere ich Charlie, immer versucht sie positiv zu denken, immer eher zu lachen als zu heulen, und außerdem verspottet sie sich auch oft selbst. Da bin ich ein bisschen anders, ich - macht ja nix, ich hab eben eher Angst, nicht ernst genommen zu werden und nehme deshalb alles gleich persönlich. Aber das würde ich natürlich nie zugeben! Halt - ich bin ja von all dem, was immer hier los ist, bevor wir irgendwohin gehen, abgekommen. Also, Gehhilfe

bereitstellen, Gott sei Dank, dass sie trotzdem noch Auto fahren kann. Dann wird die Handtasche kontrolliert - Handy und Portemonnaie und Autoschlüssel und Einkaufstasche, was da so alles in einer Handtasche drin ist, da macht man sich als Ente wirklich keine Idee von. Schnell noch den Anorak, endlich war alles beisammen, wir machten uns auf den Weg zur Garage, die im Untergeschoss von Charlies Haus ist.
Also... ihr Haus ist es nicht gerade, hier wohnen noch mehr Leute, Charlie hat hier nur eine Wohnung. Und was für eine schöne. Jetzt jedenfalls ging sie schnurstracks zu ihrem Parkplatz, öffnete die rechte Autotür, warf den Schlüssel, wie sie es meistens tat, temperamentvoll auf den Fahrersitz, mich setzte sie vorne auf den Beifahrersitz. Anorak, Krücke hinten rein, Handy neben mich legen, um Domi anzurufen, wenn wir angekommen sind - alles tausendfach geübte Handgriffe, das konnte man so richtig merken. Aber dann doch nicht wie immer! Was für ein Schreck - sie hatte nicht gehört, dass sie an den automatischen Türschließer gekommen ist, als sie den Schlüssel so unsanft auf den Fahrersitz befördert hatte, und als sie die Autotür an meiner Seite zuschlug - dann, ja dann hörte ich nur noch ihren Entsetzensschrei. Sie befand sich vor ihrem eigenen Auto und konnte nicht mehr rein!
Und ich saß drin - ich allein und wusste nicht, ob ich da je wieder raus komme.

Charlie stand vor ihrem Auto mit einem Gesicht, das man nicht unbedingt als intelligent bezeichnen konnte. Dann verschwand sie, kam nach 20 Minuten mit einem Schlüssel wieder, nur... der passte nicht. Das wiederholte sie noch dreimal, sie fluchte vor sich hin, denn die Schlüssel schienen die von ihrem letzten Auto zu sein - von dem hier gab es anscheinend keinen Ersatzschlüssel.
Danach geschah lange nichts - niemand zu sehen, ich starrte ständig auf die weiße Garagenwand und hatte richtige Klausto ..., Klaustro ..., ach, ich weiß nicht, wie das Wort richtig heißt, ich hatte halt nur große Angst vor der Enge. Wie sollte das weitergehen? Neben mir lag zwar Charlies Handy, aber was konnte ich damit schon anfangen? Außerdem, wenn ich mich hätte auch nur ein bisschen rühren können, hätte ich ihr doch den Schlüssel gegeben!

Nach einer Stunde kam ein von oben bis unten gelb angestrichenes Auto in die Garage und stellte sich hinter Charlies Parkplatz. Charlie erklärte dem Mann, der ausgestiegen war, was passiert war. Ich dachte, der holt bestimmt einfach einen Schlüssel aus seinem Auto und erlöst mich. Ja, Pustekuchen. Er klemmte zwei Gummibeutel in den Türrahmen, blies die auf und dann, oh Schreck, kam er mit einer langen, dünnen Eisenstange durch den Ritz, der bei der Tür entstanden war. Er suchte den Schlüssel und nachdem er ihn erwischt hatte, stocherte er dauernd auf ihm rum. Ganz nah bei mir.

Wenn der mich aufspießt! Das Ding sieht so schrecklich und gefährlich aus, das kann mir glatt den Kopf oder den Bauch durchstechen. Charlie - warum hast du das gemacht? Hättest du nicht besser aufpassen können? Ob ich wohl je wieder mit dir im Auto fahren möchte? Da bin ich mir gar nicht so sicher. Also doch viel gemütlicher und weniger aufregend oben auf ihrem Schreibtisch sitzen, auch wenn ich mich manchmal langweile.
Nach einer Weile hör ich relativ nah ein metallenes Geräusch - aber ach, es ist der Kofferraum, der aufgeht - Charlie hat die Knöpfe auf dem Schlüssel verwechselt und dem armen Mann den falschen genannt. Der stocherte noch eine Weile mit dem gefährlichen Eisending auf dem Schlüsselbund herum, dabei kommt er mir wirklich ziemlich nah. Ob der sich einen Scherz daraus macht, mir Angst einzujagen?
Aber wahrscheinlich hat er mich gar nicht wahrgenommen. Die Sache scheint ernst, für Späßchen ist der nicht aufgelegt, glaube ich!
Wann ist dieses blöde Abenteuer endlich zu Ende - das dauert ja ewig, bis der eine Tür auf bekommt! Anscheinend verliert er nun auch die Geduld. Er geht hinten an den Kofferraum, macht ein Brett weg, drückt die Sitze nach vorne - will der etwa da durchkriechen? Der ist doch viel zu dick, schoss es mir durch den Kopf.

Was für ein Gestöhne und Gezappel und Geschimpfe, obgleich er ja noch sehr höflich bleibt. Ich glaube, ich

wäre ausgerastet und hätte Charlie ziemlich wüst beschimpft. Aber - kaum zu glauben, er hat es geschafft! Plötzlich sehe ich nämlich eine Hand neben mir, die nach dem Schlüssel grapscht und ihn Charlie, als er wieder rausgekrabbelt ist, reicht.
Und danach schäm ich mich doch schrecklich wegen all meiner ungeduldigen Gedanken, denn er sagte zu Charlie etwas so Süßes, nämlich: *„Und nun beruhigen Sie ihre kleine Ente, die macht mir den Eindruck, als wäre sie ziemlich aufgeregt."*
Es gibt also doch noch empfindsame Menschen!

*

„Warum bist du denn so traurig heute Espi?" Charlie beugte sich zu mir runter, hob mich hoch und schaute mich forschend an.
'Ich kann es dir doch nicht sagen, aber hast du denn keine Nachrichten gehört?'
Wenn ich weinen oder schreien könnte, dann würde ich das tun. Das ist doch eine schreckliche Horrormeldung, die vorhin, als du im Bad warst, im Radio kam.'
Während ich noch darüber nachdachte, wie ich Charlie den Grund sagen könnte, warum ich so traurig bin, kam die Nachricht noch einmal. Ich merkte, wie Charlie nun sehr aufmerksam zuhörte, sie schien begriffen zu haben, was mich bedrückte.
„Auf der Autobahn ist ein Lastzug mit rund 4.500 lebenden Enten verunglückt. Das Zugfahrzeug fing

aus bislang unbekannten Gründen im Laderaum Feuer.
Eine noch unbestimmte Anzahl an Tieren verbrannte und verendete qualvoll in den Kunststoffboxen.
Rund ein Dutzend Enten entkamen und liefen nach dem Unfall auf dem Grünstreifen der Mittelbegrenzung umher, eine Handvoll war auf der Autobahn unterwegs. Später wurden sie von den Feuerwehrleuten in ein provisorisch eingerichtetes »Gehege« gebracht.
Nach der Bergung der Tiere sortierten die Veterinäre sie aus. Die Verletzten wurden noch an Ort und Stelle getötet. Die übrigen in einen Ersatz-Lkw geladen.
Über die Höhe des Schadens lagen zunächst keine Informationen vor."
„Ach Espi, wie gut versteh ich dich - das ist ja grauenhaft, entschuldige, ich hatte die Nachricht noch nicht gehört."
Schrecklich? Ja, das ist noch viel schrecklicher, wenn du dir das versuchst vorzustellen. Tausende eingeschlossen in Kisten - sie können nicht entfliehen, sie verbrennen und ersticken! Was müssen die geschrien haben! Und die wenigen, die sich retten konnten - es muss doch furchtbar sein, zwischen all den Autos und Leuten herum zu irren und nicht zu wissen, was geschehen ist und wohin man fliehen kann.

Es war, als hätte ich mit Charlie diskutiert, denn sie sagte traurig: *"Wenn ich an die verschreckten Entchen denke, wie sie gerannt sind und genutzt hat es ihnen doch nichts, sie sind ja wieder eingefangen worden."*

'Stimmt, und die wissen gar nicht, dass sie auch noch getötet werden, genau wie die, die nur verletzt waren. Charlie - warum macht ihr Menschen das?' Ich wurde immer verzweifelter, weil ich nicht wirklich mit Charlie sprechen konnte. Denn dann hätte ich ihr noch gesagt, wie zynisch der letzte Satz dieser Meldung ist: *„Über die Höhe des Schadens lagen zunächst keine Informationen vor."* Dass Tausende von Tieren tot sind, ist nichts weiter als ein Schaden?!

Ich kuschelte mich so gut ich konnte in Charlies Hand, aber sie setzte mich auf den Tisch vor sich und sah mich ernst an: *„Espi, ich verspreche dir was. Ich werde mit Julia reden, dass auch sie in Zukunft nie mehr Ente essen soll, nicht beim Thailänder und nicht als Streifen auf Salat beim Italiener und auch nicht als Pâténie mehr, versprochen. Weißt du, Espi, ich kann niemanden zwingen, kein Fleisch zu essen, dass muss jeder für sich entscheiden und jede Entscheidung soll man respektieren. Aber so ein Versprechen kann man schon mal abgeben."*
Ach Charlie, du bist so süß. Habt ihr nicht das Gleiche auch irgendwann bei Hühnern versprochen? Was bin ich froh, dass ich bei dir zu Hause sein kann. Fast hätte ich nicht gehört, was sie noch weiter sagte, ich bekam nur noch mit *"... fahren nach Frankfurt."*

Wie gut - dann kann ich mit Puntito über diese entsetzliche Geschichte sprechen, er wird mich sicher am besten verstehen.

13. Kapitel

Wir fuhren sofort los, ich wie immer auf dem Beifahrersitz. „Beifahrer" - das klingt doch so richtig wichtig und eigentlich bin ich das ja auf fast allen unseren Fahrten - sofern Domi nicht dabei ist.

Als Domi ihre Wohnungstür öffnete, fiel sie Charlie voller Freude um den Hals. Ich merkte allerdings schnell, dass sie sich nicht nur über Charlies und natürlich auch mein Kommen freute, sondern entdeckte, als wir ins gemütliche Wohnzimmer traten, noch jemanden - Johann! Als er Charlies Stimme hörte, sprang er auf, begrüßte sie überschwänglich und dann nahm er mich in seine beiden großen Hände, küsste mich auf meinen gelben Schnabel und schien sich wirklich sehr über unser Wiedersehen zu freuen. Und ich mich erst!
Etwas in mir machte so komische Sprünge und Hüpfer vor Freude, jetzt weiß ich, dass dieses Etwas das ist, was die Menschen Herz nennen! Johann sah fantastisch aus, gerade so, als hätte er eine Verjüngungskur gemacht. Doch irgendetwas stimmte nicht - das merkte ja sogar ich. Etwas Nachdenklich-Trauriges lag im Raum. Warum denn nur? Johann war doch der Freund - der erste und auch der einzige übrigens, den ich bei Charlie und Domi kennen

gelernt habe - und alles wegen mir! Ich spürte, dass ich bei diesem Gedanken ein paar Zentimeter wuchs, doch das dauerte bloß einen Moment. Denn - was für eine Enttäuschung - Johann wollte schon wieder gehen! Warum denn so schnell und warum nahm Charlie Domi danach in den Arm, gerade so, als wollte sie sie trösten? Für mich war dann das Schlimmste, dass er mich noch einmal mit seinen Händen umfasste - die Geste war so endgültig und leise sagte: *„Pass auf Domi auf, Espi. Ich verlasse mich auf dich."* Und dann sagte er nicht „auf Wiedersehen", sondern nur: *„Leb wohl kleine Ente. Dank auch dir für mein neues Leben."*

Ich wollte sagen: 'Dann bleib! Bitte, bitte Johann, geh nicht. Hier mögen dich doch alle so sehr und ich glaube, Domi noch auf eine besondere Art, obgleich ich nicht so richtig weiß, auf welche - das war halt nur so eine Vermutung. Leider konnte ich mich ihm ja nicht verständlich machen, und außerdem hatte er auch schon die Tür irgendwie sehr entschlossen hinter sich zugemacht. Ich spürte einen Schmerz, wie ich ihn seit meinem Sturz vom Balkon und dem Gedanken, Domi und Charlie nie mehr wiederzusehen, nicht mehr gespürt habe. Was war nur los?

Ich musste es einfach wissen, obgleich mir natürlich klar war, dass man so was gerade in solchen Augenblicken nicht macht, aber ich konnte es vor lauter Neugier nicht mehr aushalten und strengte mich wirklich ungeheuer an, das, was die beiden Frauen sprachen, zu verstehen.

„Warum hast du ihn zurückgewiesen? Es hätte ja nicht für ewig sein brauchen? Ein paar schöne Monate, vielleicht sogar Jahre, da wäre doch nichts dabei gewesen!“ Charlies Worte mochten ehrlich gemeint sein, aber ihre Stimme - nein, ihre Stimme klang viel zu unsicher. Warum eigentlich?
Domi schaute Charlie irritiert an: *„Erinnerst du dich, dass wir schon einmal davon gesprochen haben? Magst oder kannst du das nicht verstehen? Ich möchte erstens kein Ersatz sein für die Frau, die er verloren hat und um die er noch immer trauert. Zweitens kenne ich ihn viel zu wenig und für eine feste Beziehung reichen meine Gefühle einfach nicht. Da ist eine Trennung doch wesentlich besser oder vielleicht nicht? Und außerdem“*, sie zögerte ein wenig, *“außerdem möchte ich mit dir zusammenbleiben.“*
Aha, das war es - Domi hat sich also wirklich von Johann getrennt.
„Bei mir? Das hast du zwar schon einmal gesagt, aber so darfst du nicht denken. Du bist schon so lange ohne Freund - wie kannst du diese Wünsche, diese Sehnsucht nur aushalten?“
Ich wusste nicht genau, welche Wünsche und Sehnsüchte Charlie da meinte, aber sie erklärte es gleich selbst, als sie weitersprach. *„Mir fällt die Vorstellung ja schon schwer, dass ich es nie mehr erleben werde, so richtig verliebt zu sein, begehrt zu werden, alle Vernunft zum Teufel schicken zu können, einfach nur zu leben und zu lieben und zu fühlen. Aber du - du bist zwanzig Jahre jünger - soll das, was bisher war, dein ganzes Liebesleben gewesen sein?“*

Wenn ich gekonnt hätte, würde ich über Domis verblüfften Gesichtsausdruck lauthals gelacht haben, auch wenn ich nicht weiß, was Charlie mit „Liebesleben“ meinte. Das kann doch nur was Gutes sein, weil das Wort Liebe darin vorkommt. Ich hörte gerade noch, was Domi, nachdem sie ihr Erstaunen überwunden hatte, antwortete:
„Willst du mir damit sagen, dass du immer noch solche Wünsche hast? Dass es kein Alter gibt, wo man daran nicht mehr interessiert ist?“
„Warum soll das an ein Alter gebunden sein? Aber lass, ich bin ja nicht wichtig, sondern du, die jemanden wegschickt, den sie mehr als nur mag, der verliebt in sie ist und trotzdem ...“

Damit hatte Charlie doch recht oder? Und außerdem - keiner hat an mich gedacht. Ich mag Johann, ich habe ihn zuerst kennen gelernt, ich habe ihn sozusagen ins Haus gebracht und was ist der Dank? Dass ich ihn wahrscheinlich auch nie mehr sehen werde!
Ich war auf Domis Antwort gespannt, deshalb schluckte ich meinen Ärger rasch runter und bemühte mich wieder, jedes Wort, das gesprochen wurde, zu verstehen.

„Ich weiß, dass du das nicht verstehen kannst und ich weiß auch, dass ich vielleicht zu rasch gehandelt habe. Aber ich habe einfach gespürt, dass Johann sich an mich wie an einen Rettungsring geklammert hat. Dass er wahrscheinlich nicht wirklich mich meint, wenn er von Liebe

spricht. Es stimmt, wir, ich meine Espi und dann wir haben ihn sozusagen gerettet vor sich selbst, aber mit seinen Schuldgefühlen, mit seinen Ängsten ist er noch lange nicht fertig. Ich wollte einfach kein Ersatz sein und auch keine Gehhilfe, auf die er sich stützt und das mit Liebe verwechselt. Und …", Domi zögerte, bevor sie leise hinzufügte: *„Charlie, ich möchte mich nicht von dir trennen. du bist mir der wichtigste Mensch in meinem Leben."*
Das war eine lange Antwort von Domi und endlich hat man auch mich erwähnt. Ich muss noch über ihre Worte nachdenken, habe aber jetzt schon den Eindruck, als hätte Domi die Situation richtig erkannt. Na ja, ich habe natürlich keine Erfahrung, aber ich konnte mir auch nicht vorstellen, dass ein Mensch, der so verzweifelt, niedergeschlagen und mutlos war wie Johann sich in so kurzer Zeit wieder fängt. Fast hätte ich nicht gehört, was Charlie, die einen sehr nachdenklichen Eindruck machte, sagte:
„Wegen mir? Du sollst doch dein Leben nicht nach mir richten." Sie schluckte, und ich merkte, wie gerührt sie war. Aber auch wie erleichtert! Also hatte ich vorher richtig vermutet, sie will gar nicht, dass Domi mit Johann geht. Wieder wunderte ich mich über mein Einfühlungsvermögen und dabei war ich doch nur ein Kuscheltier!

Nach einer Weile meinte sie: *„Vielleicht ist es ja so, wie du sagst, Julia. Vielleicht erkennt er das auch und sucht sich seinen Weg erst einmal allein. Und wenn er dann* *immer noch glaubt, dass er in deiner Nähe sein möchte, dass seine Gefühle für dich mehr sind als nur die Suche nach Halt und Verstehen, kommt er ja wieder. Würdest du ihm dann noch eine Chance geben?"*

„Ich weiß es nicht. Eine Beziehung, die mit Mitleid einerseits und Hilflosigkeit andererseits begonnen hat, wird niemals frei und selbstverständlich werden. Aber - ich kann deine Frage nicht beantworten. Ich - ich weiß es nicht."

Damit drehte sie sich um, suchte nach ihrer Tasche, bis ihr einfiel, dass ja wir zu Besuch waren und sie zu Hause. Sie lächelte so verlegen, wenn ich gekonnt hätte, ich hätte sie in meine Arme genommen. Doch ich bin viel zu klein und jetzt machte es auch schon Charlie. Wie schön, wenn man so befreundet ist.

Viel später - als wir auf der Rückfahrt nach Mainz waren, sagte Charlie leise, so, als fiele es ihr schwer, diese Wahrheit vor sich einzugestehen: *„Weißt du, Espi, ich möchte wirklich, dass sie jemanden findet, nur... ich kann mir nicht vorstellen, dass sie vielleicht eines Tages nicht mehr mit mir zusammen ist. Doch das darfst du nicht verraten, versprochen?"*

Was für ein Versprechen soll ich denn abgeben, wie könnte ich Domi das überhaupt sagen? Und vielleicht fühlt sie es ja und will deshalb niemanden in euer Leben lassen. Warum muss nur alles so schwierig sein?

Und dann endete der Tag doch noch irgendwie gut, denn Charlie sagte zu mir, als wir zu Hause waren und sie die Zeitung mit dem schrecklichen Artikel

wegwerfen wollte: *„Übrigens Espi, ich habe wegen der verbrannten und umgebrachten Enten mit Domi geredet. Und weißt du, was sie mir versprochen hat?"*
Nein, wie sollte ich das denn wissen, ich war ja bei dem Gespräch nicht dabei.
Charlie sprach schon weiter: *„Sie hat mir versprochen, dass sie nicht nur kein Entenfleisch, sondern auch überhaupt kein Fleisch mehr essen wird. Freust du dich darüber?"*

Freuen - da war mehr als Freude, und ich dachte an die Enten und daran, dass sie eigentlich nicht umsonst gestorben sind - sie haben wenigstens einen Menschen mit ihrem Tod überzeugt, dass er keine Tiere mehr essen wird.

*

Kurz nach diesen ereignisreichen Tagen ist etwas Furchtbares passiert. Seltsam, dass solche Dinge im Leben der Menschen oft nachts geschehen, als ob sie dann schutzloser wären. Ich spürte nämlich, dass es Charlie ziemlich schlecht ging. Ja, ich weiß, wie soll ein Kuscheltier so etwas fühlen, aber es war wirklich so. Bin ich vielleicht doch mehr als nur ein Sonderangebot aus dem Kaufhaus in Mainz?

Das ist aber überhaupt nicht wichtig - ich war noch wach und beobachtete Charlie. Sie stand auf, sie sah schrecklich aus und dann drückte sie so irgendeinen komischen Knopf am Telefon und erstaunlich schnell standen zwei - man nennt sie, glaub ich, Pflegerinnen - im Zimmer. Charlie erklärte ihnen, dass sie sich sehr schlecht fühle, dass ihr Puls rast und dass sie kaum Luft bekommt. Eine der Frauen, Charlie nannte sie Ulla, nahm meine Freundin so lieb in den Arm - wie gern hätte ich das gemacht - während die andere schnell ihr Handy aus der Tasche holte. Da fiel mir gleich die Frau im Zug ein, aber diesmal war es etwas völlig anderes. Die Frau rief einen Arzt und nach kurzer Zeit erschienen Männer in Rotweiß mit so einem fahrbaren Bett. Bevor sie Charlie einfach da drauf legten, rief sie noch schnell bei der Domi an, und anscheinend versprach Domi, mit einem Taxi nach Mainz zu kommen. Und dann brachten die Männer Charlie nach draußen und fuhren los. Sie war fort, einfach fort. Sie hat mich wirklich allein gelassen! Ich verstand gar nichts mehr und hatte furchtbare Angst, bis ich nach einer Weile einen Schlüssel hörte, mit dem die Tür aufgeschlossen wurde. DOMI! Endlich! Wird sie mir was erklären? Nein, auch nicht, sie schnappte sich einen kleinen Koffer, der seit jeher bereitstehen musste, wie mir Charlie einst erklärte. Und erst als sie schon aus der Wohnung stürmen wollte, kam sie noch einmal zurück und packte mich. *„Du gehst mit, Charlie braucht dich“*, war das Einzige, was sie sagte.

Ich wusste immer noch nicht, was das alles sollte.

Wir kamen in ein riesig großes Haus mit vielen Fenstern und Zimmern. Ich erschrak, Schritte hallten auf den langen Gängen, Stöhnen drang aus offen stehenden Räumen und einige Menschen schlichen in Morgenmänteln herum. Ich sah nur traurige Gesichter. So was hatte ich noch nie erlebt. Was war mit den Leuten los und warum waren die wenigen, die geschäftig hin und her rannten, ausschließlich in Weiß gekleidet? Ich war nur noch verwirrt, vor allem auch, weil es obendrein schrecklich stank. Ich hätte mir am liebsten die Nase zugehalten. Aber das geht ja leider nicht.
Doch Domi schien sich auszukennen, sie fragte sich durch und endlich erfuhren wir, dass Charlie auf der Kar..., Kardiologie, oder so ähnlich nannte es Domi, wäre. Und dann sah ich sie - in Charlies Arm steckte eine Nadel und eine lange rote Schnur führte zu dem Gefäß, das über ihr an einem Ständer hing. Hinter ihr war ein Apparat, der anscheinend auch mit ihr verbunden war, denn er zeigte Linien, die rauf und runter gingen.
Hallოooo - gibt es denn niemand, der mir was erklären kann? Ist Charlie krank? Schwer krank? Wird sie sterben?
Sterben? War da nicht was - hatte Charlie nicht mal davon gesprochen? Und - und etwas ganz Schreckliches gesagt? Ich erinnere mich wieder genau daran, wie Charlie und Domi sich über das Sterben unterhalten haben. Das muss was entsetzlich Entscheidendes sein, denn in den Krimis sehe ich öfters

Bilder, wo tote Leute in so schmalen Kisten weggetragen werden. Und alle drumherum sind in Schwarz gekleidet und weinen. Einmal sagte Charlie zu mir: *„Siehst du Espi, das ist letzten Endes alles, was uns bleibt und was wir brauchen - einen schmalen Sarg."*
Und dann hat sie zu Domi gesagt: *„Wenn ich sterbe, möchte ich, dass der Espi zu mir in den Sarg kommt."*
Ich war so entsetzt, dass ich das Atmen vergaß. War die Charlie verrückt geworden? Was waren das denn für egoistische Wünsche? Wenn sie da rein kommt, bedeutet das doch nicht, dass ich da mitmuss!! Und warum sagte Domi nichts, sie hat Charlie nur traurig angeschaut.

Damals dachte ich, ich würde gern wieder vom Balkon runterfallen und dass mich dann einer findet wie der Johann und mich nie, nie mehr nach Hause bringt. Mit der Zeit vergaß ich das alles, aber jetzt? Warum ist Charlie hier? Stirbt sie?
In Domis Tasche fühlte ich mich allmählich immer elender, ich konnte zwar rausschauen, aber es war eng und heiß und es roch ziemlich stark nach Parfum. Mein Leben war wirklich noch nie so mies gewesen. Was wäre wohl aus mir geworden, wenn Charlie und Domi mich einst nicht gekauft hätten? Das ist jetzt aber auch unfair von mir, ich wart lieber ab, bis Domi mich aus der Tasche befreit. Für etwas hat sie mich schließlich mitgenommen!
Das dauerte aber lange, bis ich Domis Hände spürte, die mich hochhoben und auf einen hässlichen Nacht-

tisch neben einem noch hässlicheren Bett setzte. *„So, du passt schön auf Charlie auf, die muss sich vor allem erholen."* Ich schaute mich neugierig um. Im Bett neben Charlie lag eine Frau, die dauernd vor sich hin stöhnte. Doch die Hauptsache war, dass es Charlie anscheinend besser ging. Sie sah längst nicht mehr so schlecht aus wie zu Hause, und sie konnte sich schon wieder mit Domi unterhalten.

„Was haben die Ärzte denn nun festgestellt?"

„Na ja, Herzrhythmusstörungen und deshalb muss ich noch ein paar Tage hier bleiben."

„Du musst dich endlich dafür entscheiden, dass du einen Herzschrittmacher bekommst, der ist doch die einzig akzeptable Lösung. So geht es einfach nicht weiter!"

Domis Stimme klang traurig, aber auch sehr entschieden.

Herzschrittmacher! Was war denn das schon wieder? Läuft dann Charlies Herz neben ihr her? Das bedeutet doch Schrittmacher oder? Keiner erklärte mir was - wie auch, sie kannten ja meine Gedanken und Fragen nicht.

Jedenfalls saß ich nun auf diesem Tisch neben Charlies Bett, einer Wasserflasche, einem Glas und ganz vielen Tabletten. Ich muss sagen, da hatte ich schon schönere Sitzplätze.

Domi sprach dauernd weiter auf Charlie ein, bis diese endlich dem Vorschlag von Domi zustimmte. Sie meinte: *„Du weißt doch, das hat ja schon der Professor geraten, bisher konnte ich mich nur nicht zu so was*

entscheiden. Ich habe halt einfach Angst, wie sich mein Leben dann ändern wird."
„Hör mal, das kann doch nur besser werden. Immer diese Anfälle und die Angst und wieder ins Krankenhaus und wieder geschieht nichts."
„Morgen spreche ich mit dem Professor", versprach Charlie, so dass Domi entschied: *„Ich geh, es ist ja noch mitten in der Nacht! Ich schlafe in deiner Wohnung, dann brauch ich nicht mehr nach Frankfurt zurück."*
Die beiden verabschiedeten sich sehr zärtlich, und als Domi ging, ließ sie mich auf dem Nachttisch sitzen. Endlich hatte Charlie Zeit und nahm mich zu sich ins Bett. Sie erzählte mir was von Herzanfall und dass sie ein kleines Gerät eingesetzt bekäme, das ihrem Herzen helfen würde, besser zu funktionieren. Ich muss zugeben, verstanden habe ich ziemlich wenig von all dem, aber gespürt habe ich, dass es Charlie besser ging. Ich wusste allerdings nicht, dass es bis zu dem Eingriff noch lange dauern würde, und danach ging es ihr noch sehr lange wirklich schlecht. Sie musste immer wieder ins Krankenhaus, und ich kam jedes Mal mit - ich hätte mir schönere Reisen vorstellen können.
Ich habe vergessen, zu sagen, dass auch Charlies Sohn Claudius gekommen war. Und als er den ersten Schreck über all das, was seiner Mutter passiert war, überwunden hatte, erzählte er lachend von seiner Schwiegermutter und dem Kuscheltier, das er ihr mitgebracht hatte und dass sie es Mister Kater genannt hat! Was für ein blöder Name. Aber anscheinend hat

sie den Mister Kater voll akzeptiert, und es würde ihr sogar besser gehen, erzählte Claudius stolz.
Schon komisch, da sind wir für einige Menschen ein Trost und ihre treuen Begleiter, dabei sind wir doch nur aus Stoff und so einer komischen rauen Watte gemacht.
Halt - woher weiß ich das denn? Da tauchen seltsame Bilder auf, die ich gar nicht einordnen kann! Obendrein erzählte Claudius etwas, das mir gar nicht fremd ist - da muss ich unbedingt zuhören, was er sagt, denn ich bin mir ziemlich sicher, dass es mit mir zu tun hat und mit diesen verschwommenen Erinnerungen.
„Weißt du überhaupt, wo die Dinger gemacht werden?“
Na hör mal, Dinger! Wir sind wichtig, wir sind Kuscheltiere. Oder weißt du nicht, was kuscheln ist? Ich freue mich, dass auch Charlie meiner Meinung ist, denn sie sagt zu ihrem erwachsenen Sohn: *„Dinger? So würde ich den kleinen Kater, den du deiner Schwiegermutter mitgebracht hast, nicht nennen, immerhin bist du auch überzeugt davon, dass er ein Trost für sie ist.“*
„Jaja - dass du aber auch immer so empfindlich reagierst! Das war doch nicht böse oder abwertend gemeint! Also, was wollte ich sagen? Ach ja, interessant ist es schon, wo die herkommen. Da werden - wie z. B. bei deinem Espi - die Zeichnungen und Modelle zwar in Italien gefertigt, produziert werden sie aber in China. Ich habe gegoogelt, wo das ist. Der Ort heißt Yangshuo, da werden pro Tag etwa

3000 Bären hergestellt! Das ist eine riesige Spielzeugindustrie dort, ein Milliardengeschäft!"
Ich hörte nicht mehr, was Charlie geantwortet hat, denn jetzt wurde alles wieder lebendig - erst die Stadt, wo man nichts richtig erkennen konnte, weil die Luft so neblig war und schrecklich stank. Danach die Fahrt mit dem ratternden Zug vorbei an Reisfeldern und einem wunderschönen Fluss und vielen hohen Bergen, die aussahen wie Kegel. Ich war damals so froh, dass die Kisten nicht richtig verschlossen waren und ich deshalb ein bisschen was sehen konnte.

An meine Geburt entsinne ich mich nicht so gern zurück - da war ein riesiges Stück Stoff und daraus wurden die Beine, die Arme, der Kopf und der Körper geschnitten und dann hat man alles zusammengenäht und mir irgend so was mit einer Maschine in meinen Körper gespritzt, bis ich so dick war wie jetzt. Allerdings - die zarten Hände der Frau mit den schrägen Augen kann ich noch spüren. Sie war so vorsichtig mit mir umgegangen und einmal spürte ich sogar, wie ein paar Tränen von ihr auf mich fielen. Sie machte so einen traurigen Eindruck. Vielleicht hätte sie selbst gern so ein Kuscheltier für ein eigenes Kind gehabt? Eigentlich wollte ich nie mehr daran erinnert werden, nur die Bilder der eigenartig schönen Landschaft möchte ich nicht vergessen! Hier habe ich so was noch nie gesehen.

14. Kapitel

Wir sind bis jetzt nie mehr nach Cuxhaven gefahren. Ob das wirklich nur daran lag, dass Domi und Charlie keine Zeit hatten? Manchmal dachte ich, dieses „keine Zeit haben“ hat einen Namen - nämlich Johann. Sie sprachen überhaupt nicht mehr von ihm und er meldete sich anscheinend auch nicht. Nun, das war nicht mein Problem, aber wenn auch die Gegenwart immer sehr viel Neues brachte, denke ich noch oft an diesen Sommer damals zurück. Die Spaziergänge am Strand - ach ja, das heißt ja Promenade. Das Lachen von Domi und Charlie, ihr Glücklichsein. Ob Domi wirklich gar nichts mehr von Johann hört? Kein Urlaub war jemals wieder so schön wie der in Cuxhaven, obgleich wir trotzdem immer wieder verreisten.

Mal nach Berlin, nach München, nach Wien und noch mehreren anderen Städten, aber das waren eigentlich immer Lesereisen von Charlie und Domi. Dann blieben wir noch ein paar Tage in den Städten, weil die beiden am liebsten Städtereisen machen. Jedenfalls nennen sie diese Fahrten so, ich glaube, das hat damit zu tun, dass sie dann die Stadt richtig kennen lernen wollen und dauernd unterwegs sind. Ich sitze meistens auf dem Bett in irgendeinem Hotelzimmer. Wenn ich Glück habe, und Domi hat ihn nicht vergessen, ist auch der Puntito da. Ab und an setzen sie uns an eines der Fenster, und wir können rausschauen und so wenigstens doch einen kleinen Eindruck von den Ortschaften bekommen, wo unsere Freundinnen so unternehmungslustig sind. Manchmal nehmen uns auch die Frauen, die das Zimmer putzen, in die Hand, sagen irgendetwas in Sprachen, die wir beide nicht kennen oder sie zupfen an uns herum, was ich gar nicht ausstehen kann. Aber wie hätte ich mich da bei Charlie oder Domi beschweren können. Außerdem setzten sie uns dann immer sehr ordentlich auf ein dickes Kopfkissen neben die Schlafanzüge, auch nicht gerade ein interessanter Platz.

Aber oft dürfen wir ja mit. Wir werden in die Tasche mit den Büchern gesteckt - schade, dass ich nicht lesen kann. Irgendwann steigen wir aus, gehen in einen Saal mit fremden Menschen, wo sich Charlie oder Domi vorne an einen kleinen Tisch setzen, Bücher aufbauen und ein wenig später laut daraus vorlesen. Können die Leute, die hierher kommen, auch nicht lesen - genau wie ich?

Oder aber wir sitzen bei den Fahrten beide vorne auf dem Armaturenbrett. So nennt Domi dieses Brett vor dem Fenster, an dem auch dieser komische sprechende Apparat hängt. Ich habe versucht, mich mit der Tussi - wie Charlie sie nennt - zu unterhalten, aber sie muss ganz schön eingebildet sein - die interessiert sich nur für die Straße. Wenn die wüsste, wen sie vor sich hat! Puntito findet sie auch blöd, Gott sei Dank, dann brauch ich nicht eifersüchtig zu sein. Ich erinnere mich noch an den komischen Klang in Charlies Stimme, als unsere Freundinnen über den Johann sprachen und Domi über Charlies Eifersucht gelacht hatte.

Es ist so aufregend, die Straße vor unseren Augen unter dem Auto verschwinden zu sehen, wenn Charlie fährt. Ich glaube, Domi hat ein bisschen Angst - sie mag Autos nicht so besonders, aber ich wäre, wenn ich ein Mensch geworden wäre, ganz sicher Autofahrer geworden.

Einmal beobachteten wir an einer Tankstelle - so nennt Charlie den Ort, der so grässlich stinkt und wo sie einen dicken Schlauch ins Auto steckt - wie der Wagen, der vor uns dran war, nach einer Weile wegfuhr. Komisch war, dass auf dem Rücksitz zwei kleine Kinder saßen, die schrecklich schrien, gegen das Rückfenster trommelten und irgendetwas riefen. Dieses Entsetzen in den kleinen Gesichtern! Ich wusste ja nicht, dass ich sie sehr bald wiedersehen würde. Denn nachdem Charlie bezahlt hatte, stieg sie empört und ganz aufgelöst ins Auto: *„Hast du eben die kleinen Kinder gesehen, Julia?“*

„Ja, warum haben die denn so geschrien, haben sie nicht das versprochene Eis bekommen? Nee, kann nicht sein, dafür waren die kleinen Gesichter viel zu verzweifelt. Was war los?“

„Die Eltern, oder was immer sie waren, sind weggefahren und haben einfach ihren kleinen Hund hier zurückgelassen, angebunden an einen Pfosten!“

„Willst Du damit sagen, die sind los und haben den Hund...! Nein, das kann ich mir nicht vorstellen. Die können doch ihren Kindern nicht so wehtun!"

„Nur den Kindern? Und was ist mit dem Hund? Ich halte da vorne, dann schauen wir mal nach dem kleinen Kerl."

Puntito und ich sahen uns fragend an, wir wussten nicht, was die beiden meinten. Charlie fuhr ein paar Meter weiter vor, wo sie keinen anderen Autofahrer behinderte, dann stiegen sie aus und knieten sich neben einen geduckt dasitzenden, dunkelhaarigen Hund. Mein Gott, ich glaube, weder Puntito noch ich werden jemals wieder diese Augen vergessen. Wenn Augen schreien könnten, dann schrie der Blick des armen Kerls ganz fürchterlich.

Charlie stand auf, band das kleine Tier los und sagte zu Domi: *„Weißt du, was wir jetzt machen? Wir fahren diesem Auto nach und geben den Kindern ihren Hund zurück."*

„Bist du verrückt? Und wenn wir die nicht einholen oder wenn sie auf irgendeinem Parkplatz Halt gemacht haben. Außerdem - hast du dir die Automarke gemerkt, davon gibt es bestimmt einige."

„Die Marke nicht, aber die verrückten Farben des Autos und probieren will ich es auf jeden Fall. Und die Kinder erkenne ich hundertprozentig wieder. Wir müssen beide nur sehr aufpassen, dann können wir die doch gar nicht verfehlen."

Ich kam aus dem Staunen nicht mehr raus - das schafft Charlie auf keinen Fall und dann haben wir einen fremden Hund! Ob der sich mit uns verträgt?

Mit Schrecken dachte ich an den Kater von Johann, obgleich der zum Schluss sogar noch freundlich war, was man bei ihm freundlich nennen konnte. Aber - waren meine Bedenken wirklich so wichtig - sollte Charlie den kleinen Kerl da angebunden lassen, bis einer ihn ins Tierheim steckt, nur weil ich nicht weiß, ob ich mich mit ihm vertrage? Im Augenblick jedenfalls saß er sehr ruhig und verschreckt auf Domis Schoß.
Unerwartet hatte Charlie es sehr eilig. Mit einem Wort, sie fuhr so schnell wie noch nie zuvor. Die Familie, die den Hund ausgesetzt hatte, hatte ja mindestens fünf Minuten Vorsprung. Nach einer kleinen Weile schrie Domi: *„Charlie, ich glaube, dort vorne fährt er - und eben biegt er auf den Parkplatz ein."*
Was Domi sagte, stimmte, auch ich habe das Auto erkannt, was gar nicht schwer war, denn es war auffallend bunt angemalt. Charlie fuhr hinterher. Mittlerweile waren die vorne ausgestiegen, die Kinder weinten immer noch und offenbar ging die Geduld des Vaters gerade zu Ende.
Nun öffnete auch Charlie die Tür, stieg aus, nahm den kleinen Hund auf den Arm und ging auf die Leute zu. Ich konnte vor Spannung gar nicht atmen und auch Puntito hatte seine immer bequeme Stellung aufgegeben und starrte auf das, was kommen würde.

Kaum näherte sich Charlie der Familie - da sprangen die Kinder aus dem Auto, rannten auf Charlie zu, schrien und lachten und heulten alles in einem und

riefen dauernd: *„Freddy, Freddylein"*. Vorsichtig setzte Charlie den Kleinen ab, und die Kinder umarmten und drückten und küssten ihn.
Der Vater schien nicht so begeistert. Wütend trat er auf Charlie zu: *„Was erlauben Sie sich? Der Hund gehört uns nicht!"*
„Ach nein!" Charlie wandte sich an die Kinder: *„Wie heißt ihr denn?"*
„Ich bin die Lena und das ist mein kleiner Bruder Peter und das", sie küsste den Hund auf die Schnauze, *„das ist unser Freddy."*
„Ihr wart sicher sehr traurig, dass Papa den Freddy vergessen hat oder ist es gar nicht Freddy?"
„Natürlich ist das unser Freddy."
Das Gesicht des Mannes wurde immer wütender und gleichzeitig unsicherer. Auch die Frau stieg nun aus. Sie ging zu den Kindern und meinte: *„Wir haben euch doch erklärt, warum wir Freddy dort für ein paar Tage lassen wollten und ihn auf dem Rückweg wieder mitgenommen hätten!"*
„Ach, hätten Sie?", aus Charlies Stimme klang der reinste Spott. Ich schubste Puntito an: 'Haben wir nicht eine wunderbare Freundin? Die ist so mutig und Tiere mag sie ja schon immer sehr!'
Domi hatte sich zu der Gruppe gesellt und meinte: *„Bis Sie den Freddy wieder abgeholt hätten, wäre er wohl längst in einem Tierheim gelandet, wo er, Sie wissen das genau, irgendwann getötet worden wäre, auch wenn dies verboten ist."*

„Was geht Sie das alles überhaupt an? Es ist unser Hund, wir können mit ihm machen, was wir wollen!"
„So, meinen Sie, das könnten Sie? Abgesehen davon, wie sehr Sie Ihren Kindern wehtun, ist es auch verboten, Tiere einfach so auszusetzen. Wir könnten ja die Polizei rufen, dann erfahren wir aus erster Hand, ob Sie das dürfen oder nicht."
Wie bewunderte ich unsere Charlie, meine Charlie.
Der Mann hatte es plötzlich sehr eilig. Er fuhr seine Kinder an: *„Los, steigt wieder ein"*! was die Familie augenblicklich tat, während Lena überglücklich ihren Freddy auf dem Arm hielt und der kleine Peter ihn ständig streichelte.

Es war einige Wochen später, als Domi bei einem Besuch bei Charlie meinte: *„Erinnerst du dich noch an die Geschichte mit den Kindern und dem Hund?"*
„Und ob! Warum fragst du?"
„Ich habe heute in unserer Zeitung eine kleine Geschichte gefunden, die angeblich an einer Zoohandlung angeschlagen war. Der Verfasser ist unbekannt. Sie hat mich so berührt, dass ich sie dir mitgebracht habe. Ich lese sie vor, damit sie auch unser neugieriger Espi hören kann."
He, seit wann bin ich neugierig? Ich bin interessiert, ich möchte teilnehmen an allem, aber das hat doch mit Neugier nichts zu tun!

'Nein? Und wie ist es dann mit dem Belauschen von Gesprächen?' Puntito, der mitgekommen war, grinste ziemlich frech.

'Das ist was anderes. Irgendwie müssen wir ja erfahren, was um uns herum los ist.'
'Jaaaa - jaaa!'
'Jetzt sei schon ruhig, sonst verpassen wir noch die Geschichte.'
Domi las mit leiser Stimme vor, man merkte, wie sehr sie der Text erschütterte.[2]
„Die Überschrift heißt: 'Ich hatte dich lieb'.
Am Morgen bist du sehr früh aufgestanden und hast die Koffer gepackt. Du nahmst meine Leine, was war ich glücklich! Noch ein kleiner Spaziergang vor dem Urlaub - Hurra!
Wir fuhren mit dem Wagen und du hast am Straßenrand gehalten. Die Tür ging auf und du hast einen Stock geworfen. Ich lief und lief, bis ich den Stock gefunden und zwischen meinen Zähnen hatte, um ihn dir zu bringen. Als ich zurückkam, warst du nicht mehr da!
In Panik bin ich in alle Richtungen gelaufen, um dich zu finden, aber ich wurde immer schwächer. Ich hatte Angst und großen Hunger.
Ein fremder Mann kam, legte mir ein Halsband um und nahm mich mit. Bald befand ich mich in einem Käfig und wartete dort auf deine Rückkehr. Aber du bist nicht gekommen. Dann wurde mein Käfig geöffnet, nein, du warst es nicht - es war der Mann, der mich gefunden hatte. Er brachte mich in einen Raum - es roch nach Tod! Meine Stunde war gekommen.

---

[2] Diese traurige Geschichte stammt aus einer belgischen Zeitung, mit der Bitte, sie zu verbreiten.

Geliebtes Herrchen, ich will, dass du weißt, dass ich mich trotz allen Leides, das du mir angetan hast, immer noch an dein Bild erinnere. Und falls ich noch einmal auf die Erde zurückkommen könnte - ich würde auf dich zulaufen, denn ICH HATTE DICH DOCH LIEB!"

'Espi, weinst du?' Die Stimme von Puntito klang ganz komisch. Ich konnte ihm nicht antworten.

15. Kapitel

Es war erstaunlicherweise in der kommenden Zeit ziemlich ruhig zugegangen - gemeinsame Wochenende mit Domi und Puntito bei Charlie, spazieren gehen, Pläne machen, Diskussionen, Schreiben, Vorlesen, Ausgehen - alles, was den wunderschönen Alltag meiner Freundinnen ausmacht.

Bis vor ein paar Monaten! Da fing es an! Da kam Domi an einem Wochenende nicht - am nächsten auch nicht. Dann kamen die Feiertage - das eine Fest nennen die Menschen Ostern. Da gibt es so hässliche Hasen in Goldpapier, die sollen aus Schokolade sein. Wenn ich Charlies verzücktes Gesicht sehe, wenn sie mal wieder ein Stück davon in den Mund steckt, kann ich mir vorstellen, dass diese Dinger gut schmecken müssen. Gott sei Dank, dass ich nicht aus Schokolade bin, sonst gäbe es mich schon längst nicht mehr! Feiertage - Ich freute mich - Domi wird wie immer kommen.
Aber - Domi kommt nicht!

Ein paar Wochen später wieder ein Fest mit einem ziemlich komischen Namen: Pfingsten. Ich hab im Radio gehört, dass da ein gewisser Heiliger Geist - keine Ahnung, wer das sein soll - auf die Menschen

geregnet haben soll. Wenn Geist mit Intelligenz zu tun hat, sind sie dadurch allerdings auch nicht klüger geworden. Ob Domi diesmal Zeit hat, zu kommen? Komisch, die Feste und Feiertage waren doch immer wie Ferien zu viert gewesen, wenn ich den Puntito dazu zähle.
Aber - Domi kommt nicht!

Heute Morgen - nein, das gibt es nicht! Das kann ich einfach nicht glauben!
Und wenn doch?
Wenn wir den Tag heute verschlafen hätten, dann - ja dann hätte Charlie keine Möglichkeit gehabt, mich heute Morgen so vorsichtig in ihre Hände zu nehmen, wie es sonst nicht ihre Art ist. Wir saßen im Wohnzimmer, wie Charlie das große Zimmer nennt - obgleich sie doch überall wohnt, aber na ja... Sie setzte sich in einen der gemütlichen Sessel und meinte: *„Espi, ich muss mit dir sprechen."*
Nun, das war ja nichts besonders Neues oder Bemerkenswertes - das macht sie doch täglich - manchmal habe ich den Eindruck, als wäre ich, außer der Domi, ihr einziger wirklicher Gesprächspartner - schlicht und einfach, weil ich immer da bin.
Trotzdem fühlte ich, heute war es etwas anderes. Außerdem merkte ich auch, wie sie versuchte, ihre Traurigkeit vor mir zu verstecken. Das ist ihr noch nie gelungen, ich weiß immer, wie es in ihr aussieht - was ja schließlich kein Wunder ist.

Sie streichelte über meine Nase, zupfte an meinem Kopf herum - immer musste sie irgendetwas in Ordnung bringen - meist streicht sie mir eines meiner grünen Haare aus dem einen Auge - dabei sieht das doch gerade so interessant aus!
Dann sagte sie: *„Espi, Julia geht weg!“*
Was? Wie? Spricht sie von unserer Domi? Kann doch gar nicht sein! Wenn ich doch nur laut schreien könnte, wenn ich doch nur mein riesiges Erschrecken zeigen könnte.
Domi weg! Domi nicht mehr da! Domi verlässt uns, verlässt mich!
NEIN - NIE - Charlie, Du lügst. Domi liebt dich, liebt mich, Domi gehört zu uns. Charlie, sag, dass du nur einen dämlichen Scherz gemacht hast. Aber etwas in mir wusste, dass Charlie damit nie einen Scherz machen würde. Dafür hing sie zu sehr an Domi. Ich glaube, Charlie hat gemerkt, was in mir vorging - sie streichelte mich ununterbrochen und meinte nach einer langen Weile: *„Kleiner Espi, das Leben wird trotzdem weiter gehen.“*
Klar doch, es fragt sich nur - wie! Erst Johann und nun Domi. Außerdem hat Charlie mir noch nicht gesagt, wohin Domi geht - zu Johann oder in ein fremdes Land oder stirbt sie, das ist doch auch ein Fortgehen, hab ich jedenfalls mitgekriegt!
Quatsch und Gott sei Dank sprach Charlie schon weiter, so als hätte sie meine Frage gehört.
„Espi - Julia zieht nach Berlin!“

Berlin - das ist doch am andern Ende der Welt! Warum denn nur? Sie hat hier doch eine so schöne Wohnung - jedenfalls fühlt sich der Puntito da sehr wohl, hat er mir erzählt.
Puntito! Der geht ja dann auch mit! Ich hatte einen Augenblick das Gefühl, als würde meine ganze Welt in sich zusammenstürzen.
„Espi, das müssen wir verstehen - sie hat dort eine sehr gute Stelle bekommen und... und... dort hat sie Johann wieder getroffen."
Ja und - Johann kennen wir doch auch, wegen Johann braucht sie dich und mich doch nicht zu verlassen. Ist er ihr so wichtig, dass sie uns allein lässt?!
Aber diesmal hat Charlie meine Frage nicht verstanden.
„Sei nicht zu traurig", was für eine nur dahin geredete Aufforderung - noch dazu, weil ihre Stimme so zitterte. Am liebsten würde ich mich von Charlie wegsetzen, weil ich glaube, sie versteht mich nicht. Aber mit dem nächsten Satz merkte ich, dass ich mich irre: *„Espi, wir können Julia nicht im Weg stehen! Das wäre keine Liebe und auch keine Freundschaft."*
Warum ziehst du nicht auch nach Berlin? Ist doch egal, wo du deine Bücher schreibst! Ich fühlte mich ent-setzlich hilflos, weil ich nicht meine Gedanken laut sagen kann.
„So, nun weißt du es - das war auch der Grund, warum sie an den letzten Wochenenden und Feiertagen nicht mehr gekommen ist. Ich - ich wusste auch nicht den genauen Grund. Vielleicht hat sie Angst gehabt, mich vor die

vollendete Tatsache zu stellen. Denn eigentlich hat sie - nun, eigentlich hat sie ja immer gesagt, ich sei der wichtigste Mensch in ihrem Leben, und sie würde mich nie verlassen."

Es blieb eine ganze Weile sehr still, als wäre etwas Wunderschönes erloschen, ein Glanz, ein Feuer, das Licht, das uns immer begleitet hat, seit ich Charlie und Domi kenne.

Dann sagte Charlie mit so einer komischen Stimme, die wie immer klingen sollte, sich aber eher nach erstickten Tränen anhörte: *„Espi, komm - lass uns zum normalen Tagesablauf übergehen - noch fährt sie ja nicht sofort."*

Normalen Tagesablauf! Ach, manchmal versteh ich die Menschen wirklich nicht. Wie könnte ich in einem solchen Augenblick zu einem normalen Tagesablauf zurückkehren? Charlie setzte mich auf meinen Platz auf ihrem Schreibtisch, während sie „den Haushalt machte", wie sie immer sagt!

Einige Tage später saß ich wie meistens wieder nah den unzähligen Buchstaben auf dem komischen Ding vor dem Computer, auf dem Charlie immer so wahnsinnig schnell herum hackt. Soll ich es versuchen? Vielleicht kann ich mehr, als ich weiß. Ich würde Domi so gern schreiben. Nein, da brauch ich mich nicht anzustrengen, auf dem Ding kann ich nicht schreiben, so viel Kraft haben meine Gedanken nicht. Wie kann ich ihr nur schreiben, ihr mitteilen, wie ich mich fühle? Ob ich es vielleicht einfach probieren soll?

Zwischen uns gab es doch immer so viel Verständigung ohne Worte, zumindest ohne meine Worte. Was würde ich denn schreiben wollen? Etwa so:

'Liebste Domi,

du hast bei deinem letzten Besuch auch für mich eines deiner unzähligen Zettelchen hier gelassen. Ich war so stolz, denn meistens findet nur Charlie jedes Mal, nachdem du hier warst, so einen bunten Zettel mit deinen lieben Grüßen. Dem gibt Charlie dann immer einen leichten Kuss. Sie merkt nicht, dass ich sie dabei beobachte und über sie kichern muss. Weil sie doch immer so gefasst erscheinen möchte.

Da du also an mich geschrieben hast, versuche ich, dir in Gedanken auch zu schreiben. Ob du das je lesen kannst? Ich weiß nicht, wie viel Übertragungsmacht ich habe.'

Ach, ich muss unbedingt beachten, dass ich an Julia und nicht an Domi schreibe, denn sie kennt doch den Namen nicht, den ich ihr gegeben habe.

'Übrigens -, liebste Domi-Julia, Charlie weiß nichts von meinem Gedankenbrief - also verrate mich nicht.

Glaubst Du mir, dass es mich fast zerreißt? Ich gehöre doch zu euch beiden, aber so, wie ich vor vielen Jahren in euer Leben getreten bin, gibt es 'euch beide' gar nicht mehr, hat mir Charlie gesagt. Und ich habe es ja auch selbst schon gemerkt. Ihr könnt nicht so tun, als ginge alles so weiter wie vorher. Tut es nicht. Kann es nicht! Ich spüre doch, wie elend Charlie sich fühlt und wie sie gleichzeitig darüber so wütend ist, weil... weil

sie dir nicht im Weg stehen will. Was immer das heißt - es war doch euer Weg oder? Und dann sagt sie: *„Espi, es tut einfach nur weh, so entsetzlich weh - verstehst du das? Ein Leben ohne Julia - das geht doch nicht!"*
Und ich kann ihr gar nichts raten. Ich merke zum ersten Mal, seit ich bei euch bin, was es heißt, mit dem Kopf entscheiden und mit dem Herzen leiden.
Du leidest - sie leidet - du möchtest diese Beziehung zu Johann, und das ist doch auch gut so. Ich glaube, ihr beide, Charlie und du, ihr habt euch einfach zu viel versprochen.
Du hast zu Charlie gesagt, dass du so sehr an ihr hängst, dass du trotz allem mit Johann nicht wirklich glücklich bist, und sie hängt so sehr an dir, dass sie sich das Leben ohne dich gar nicht vorstellen kann.'
Ganz schön anstrengend, so einen wichtigen Brief in Gedanken zu schreiben. Aber es muss sein - also weiter:
'Ihr habt immer gesagt, es wäre so wenig, was euch in eurer Beziehung fehlt! Und ... es war doch offenbar zu viel.
Du glaubst, ihr seid befreundet und bleibt es - fertig.
Aber es war doch eine ganz besondere Freundschaft - ihr habt euer Leben geteilt. Kann man einfach einen Menschen verlassen, mit dem man so lange so eng verbunden war? Von mir ganz zu schweigen? Das klingt alles so durchdacht und - ach, ich weiß, so was seid ihr von mir nicht gewohnt - aber es gibt Momente, da kann man von jetzt auf gleich so was Ähnliches wie erwachsen werden. Ich habe bei euch

halt sehr viel über Empfindungen gelernt - im Grunde war mein Leben von Anfang an immer nur von Gefühlen bestimmt.
Da sind die unzähligen Erinnerungen - die Anfangszeit eurer Beziehung, da war ich ja noch nicht dabei, aber ihr habt öfter davon gesprochen. Von den Schwierigkeiten, die ihr trotz allem überwinden konntet. Weil du an euch geglaubt hast. Weil ihr gekämpft habt - um euch!
Eure Gemeinsamkeiten - die Abende und Nächte. Damals war ich ja schon dabei. Euer ansteckendes Lachen - euer Zusammensein, geborgen in der gegenseitigen Wärme.
Die Urlaube! Duhnen, der Strand, die Traumwohnung, Cuxhaven.
Eure Bücher - ich hab ja meistens aufmerksam zugehört, wenn ihr sie euch gegenseitig vorgelesen habt, bevor andere davon hörten. Nicht eine Zeile ist rausgegangen, die ihr euch nicht erst vorgelesen habt! Die Spannung! Die Freude, die Lesereisen - da durfte ich ja immer mit!
Und wenn ihr mal getrennt wart - das waren Zeiten, die dir doch auch ewig vorgekommen sind. Jedenfalls hast du das immer gesagt.
Liebste Julia - ich, der Espi, ich weiß, dass das alles stimmt, und dass es Charlie genauso geht, das musst du mir glauben. Nur - das hat doch eigentlich nichts mit Freundschaft zu tun. Ich bin ja nur ein Kuscheltier, aber ich frag mich doch - ist das denn nicht Liebe? Es gibt sie doch, die Liebesgeschichten. Auch

dann, wenn man nie sagt 'ich liebe dich'. Woher ich das weiß? Keine Ahnung und bei euch war es ja nicht die Liebe wie von dir zu Johann. Irgendwie bedauere ich es jetzt doch, dass er mich im Regen gefunden hat. Denn eigentlich bin ich schuld an dem, was jetzt passiert. Wenn ich nicht vom Balkon gefallen wäre ... jaja, ist ja jetzt auch völlig gleichgültig.
Julia - ich kann mir das einfach nicht vorstellen - ihr beide getrennt.
Ich weiß, das müsst ihr entscheiden. Und vielleicht habt ihr ja auch richtig entschieden.
Domi-Julia, ich kann doch nicht die Nähe ersetzen, die ihr immer und jederzeit so intensiv gelebt habt! Manchmal höre ich Charlie nachts weinen ...
Aber es geht ja nicht nur um Charlie. Wo bleib iiich? So lang habt ihr mir das Gefühl gegeben, wichtig zu sein. Und jetzt?!
Dein, Euer Espi
Und der Puntito - hat der auch jemand anders?

16. Kapitel

Verstehen kann ich es ja nicht, wie das möglich ist, aber jedenfalls müssen meine Gedanken Domi irgendwie erreicht haben. Denn sie hat mir bei einem ihrer selten gewordenen Besuche eine Nachricht dagelassen, die mir Charlie vorgelesen hat. Nicht ohne dauernd ihr Taschentuch benutzen zu müssen. Ich versteh die Welt nicht mehr - hab ich sie je verstanden? Sie war ja an sich sehr begrenzt, weil meine Welt Domi und Charlie hieß. Und das war eine liebevollheile Welt gewesen.
Wann wurde mir zum letzten Mal ein Brief vorgelesen - ach ja, der von Johann. Das ist schon ewig her. Besser ich höre zu, was Domi mir schreibt. Das einzig Blöde dabei ist, dass Charlie nun weiß, dass ich in Gedanken an Domi geschrieben habe.

„Hallo Kleiner,
ich meine natürlich hallo Espi... weißt du, ich hatte auch schon den Gedanken, dir zu schreiben! Es ist so süß von dir, dich zu melden und auch deinen Standpunkt klar zu machen. Ist ja immer wieder erstaunlich, dass wir oft genau fühlen oder erraten, was du uns sagen, in diesem Fall schreiben möchtest. Vielleicht habe ich nicht alles verstanden, aber das Wichtigste ganz gewiss - das Wichtigste ist deine Trauer, sind deine Fragen.

Ich kann so gut nachempfinden, was du fühlst. Alles ist durcheinander und man muss sich langsam herantasten, und auch ich weiß gar nicht, wie das gehen soll.
Alles ist neu und ungewohnt und Charlie fehlt mir sehr."
Warum gehst du denn dann? Ihr seid einfach blöd, ihr Menschen. Ob ich überhaupt noch zuhören will? Da kann ich kaum was dagegen machen, denn Charlie liest und liest und liest.
„Ach, du ... am liebsten würde ich dein allerliebstes gelbes Schnäbelchen kraulen, dir deinen Schal etwas straffen - aber nicht zu sehr - und dich auf meinen Schoß holen. Wir konnten das alles doch nicht wissen. Ich hab wirklich nicht gedacht, dass es mit Johann noch einmal anders sein könnte.
Du sagst, es zerreißt dich! So geht es mir doch auch.
Und wenn ich an Charlie denke, halte ich es kaum aus, weil ich wirklich glaube, alles mitzufühlen, was sie fühlt und sich sagt und mit sich und dem Schicksal hadert. Bestimmt spüre ich nur einen Bruchteil, aber allein der tut mir so weh. Nie wollten wir uns wehtun! Und nun tu ich es pausenlos.
Aber in mir sieht es auch schlimm aus, alles erinnert mich an sie, an euch, an uns und man darf den Gedanken gar nicht zu Ende denken, dass das nun vorbei sein soll.
Und es ist auch nicht vorbei, das verspreche ich dir, Espi!
Dennoch hast du mich zum Schluss fast noch zum Lachen gebracht. Nein Puntito hat niemand anderen. Du kennst ihn doch, er ist ein bisschen phlegmatisch und zufrieden, da auf dem braunen Kissen zu liegen.

Er lässt dich natürlich besonders lieb grüßen und macht ein trauriges Gesicht, wenn ich ihm abends von dir und Charlie erzähle.
Und du, lieber Espi, dich lieb ich ganz doll - und will bald wieder in deine süßen dunklen Knopfäuglein gucken!
Deine Julia"
Charlie hat das Blatt sinken lassen, und macht den Eindruck, als sei der Brief gar nicht an mich, sondern an sie gerichtet.

'Trotzdem Domi - danke für deinen liebevollen Brief an mich. Nur ändern tut sich nichts - aus etwas, das mir, das uns undenkbar war, ist Ernst geworden - du bist nicht mehr da. Zumindest nie mehr als die Domi, die mich mit Charlie zusammen aus der Kiste mit den Kuscheltieren befreit hat.
Und mit der ich so viel Aufregendes und Schönes und Neues und Freudvolles erleben durfte. Ob jemals der Tag kommen wird, an dem ich dich nicht mehr so vermisse? Übrigens - du kannst es nicht sehen, Charlie hat seit neuestem den Bildschirm von ihrem komischen PC, oder wie das Ding heißt, mit meinem Bild geschmückt. Ich glaub, sie will mir damit sagen, dass ich sie trösten soll. Dabei kann ich das doch gar nicht.
Ich bin so froh, dass wir, die Charlie, du, der Puntito und ich diese seltsame Begabung haben, die Gedanken der andern zu spüren. Nur deshalb hast du meinen Brief verstanden. Ich glaube, das ist, weil wir uns lieb haben.

Ich spür dich so nah und weiß doch, dass du unendlich weit weg bist.'

*

„Julia ist weg - einfach so." Charlie sagte das ganz ruhig - ich glaub ihr diese Ruhe nicht.
Also war der Besuch vor ein paar Tagen Domis letzter Besuch bei uns! Ich kann es nicht fassen. Irgendwann habe ich mal gedacht, ich wäre wichtig, ich würde geliebt, sogar mir eingebildet „ohne mich geht gar nichts". Wie blöd ich war! Warum habt ihr mich damals nur mitgenommen, warum nicht einfach liegen lassen, bis mich jemand geholt hätte, der mich nie, nie, nie allein lassen würde.
Doommiiiiiii! Das kannst du nicht machen. Ich weiß jetzt doch gar nichts mehr von dir. Was machst du? Was denkst du? Wo bist du? Wie geht es dir? Erinnerst du dich überhaupt noch an mich? Oder hast du uns schon vergessen - die Charlie und mich? Bei euch Menschen geht alles so schnell - eben seid ihr noch ganz nah und plötzlich einfach nicht mehr da.
Und dann trefft ihr eure Entscheidungen auch noch, ohne mich zu fragen. Habt ihr nicht immer wieder betont, ich sei euer Talisman? Wie kann ich denn jetzt noch auf dich aufpassen? Und wie soll ich als euer Kuscheltier da nicht verrückt werden? Nein, nicht verrückt, nur sagenhaft traurig, traurig und nur noch traurig.

Du hast mir doch versprochen - in dem einen Brief allein für mich, weißt du noch? - dass es nicht vorbei ist! Mit dir, nein, mit euch war das Leben so hell und lustig und voller Wärme gewesen. Jetzt ist es grau und ich friere und sitze nur einfach stumm so herum.
Aber ab jetzt ist Schluss damit. Ich muss mir mal Luft machen - muss all meine Gedanken rauslassen, die mich fast ersticken und durch die ich so hilflos geworden bin, weil sie ja nichts mehr bewirken können.
Als erstes muss ich euch beiden klarmachen, dass ich nicht mehr die Ente bin, die ihr vor Jahren in euer Leben geholt habt. Im Moment bin ich einfach nur noch bedrückt.
Warum?
Komische Frage. Ihr seid so in euren eigenen Problemen eingeschlossen, dass ihr sogar den Kontakt zu mir verloren habt! Vielleicht hat es ja gar keinen Sinn, euch das zu sagen, was ich endlich loswerden muss!? Ich probiere es trotzdem.
Frage an Euch: Ihr seid doch so klug, ihr wollt die Welt beherrschen, ihr wisst doch immer alles, warum ist es dann für euch Menschen so schwer, Entscheidungen zu treffen und irgendwann auch anzunehmen? In den letzten Wochen habe ich beobachtet, dass es sehr wohl Momente gibt, da seid ihr - Domi und du - euch total sicher, endlich den richtigen Weg gefunden zu haben. Dann redet ihr ganz ruhig miteinander, ruft euch an und es scheint, als ginge es euch besser. Und dann fällt alles wieder in sich zusammen, weil

entweder die eine oder die andere die Situation nicht erträgt. Weil ihr an eurer Traurigkeit erstickt.
Und was ist mit Johann - warum kommt er nicht mal? Das sieht ihm doch gar nicht ähnlich! Aber kenne ich ihn überhaupt so gut, dass ich behaupten kann, es sähe ihm nicht ähnlich? Ist er vielleicht einfach nur feige? Ich glaube eher, er fühlt sich schuldig dafür, dass Charlie und Domi so traurig sind und kann nichts daran ändern. Oder doch? Er soll einfach wieder verschwinden! Ach Quatsch! Das ist doch auch keine Lösung.
Manchmal zweifle ich daran, ob ich euch beide eigentlich wirklich kenne? Hab ich mir das nur eingebildet?
Ich gebe ja zu, ich hab viel im Zusammenleben mit euch gelernt. Was wusste ich schon vom richtigen Leben, von den Menschen überhaupt? Nichts! Was ja kein Wunder ist, ich kam schließlich aus einer Fabrik in China, Menschen waren etwas, das uns genäht und dann verschickt und verkauft hat. Ist es da erstaunlich, dass ich zuerst einfach nur begeistert von allem war, was ihr gemacht habt, es war wie ein großes Abenteuer für mich. Das hat sich allerdings mittlerweile entschieden geändert.
Liebste Charlie - lass endlich dieses Selbstmitleid, so nennt man das doch, wenn man sich selbst am meisten bedauert, oder? Denk lieber dran, dass du in diesem Augenblick überall sein und alles tun könntest, was dir in den Sinn kommt. Stattdessen sitzt du stundenlang vor deinem PC oder verkriechst dich

in deiner Traurigkeit. Was hält dich eigentlich davon ab, das zu tun, was du möchtest - abgesehen davon, dass du dann wahrscheinlich am liebsten bei Domi wärst. Das geht nun mal nicht, aber es gibt doch noch andere Sehnsüchte, Wünsche und Träume, oder etwa nicht?

Jeden Tag wachen du und ich im gleichen Zimmer auf und folgen den ganzen Tag dem gleichen Weg wie gestern oder vorgestern und wahrscheinlich auch morgen. Wir tun auch jeden Tag das Gleiche - es ist wie ein Zwang - wer zwingt dich, wenn nicht du selbst? Muss ich das verstehen? Es war doch mal anders, da wurde jeder Tag zu einem neuen Ereignis. Das hat sich total geändert - früher gab es eine gewisse Zeitlosigkeit, heute ist jede Stunde verplant. Hältst du dich daran fest? Bedeutet das etwa, frei zu sein? Nee, das kann nicht sein, das ist keine Freiheit. Vielleicht irre ich mich, denn ich bin ja nur ein Kuscheltier, aber ich bin fest davon überzeugt, dass es auch für dich - und damit natürlich auch für mich - eine andere Art des Lebens geben könnte - selbst heute noch. Oder - bitte nicht böse sein, wenn ich das frage - bist du zu alt, noch andere Träume zu haben und die zu verwirklichen?

17. Kapitel

Nein, diesmal gab es keine Übertragung meiner Gedanken. Die Monate sind dahingeschlichen, Charlie hat geschrieben oder lange Spaziergänge unternommen oder gar nichts gemacht. Domi hat sich zwar öfter mit kleinen Briefen gemeldet, hat versichert, wie nah sie uns noch ist, dass sie oft an uns denkt, aber Charlie hat die Briefe nur in einen braunen Kasten gelegt - ohne Kommentar - höchstens mit einem bitteren Lachen.

Aber heute Morgen war unverhofft alles anders. Sie packte einen Reisekoffer, schaute, ob mit ihrem Auto alles in Ordnung war, dann nahm sie mich von meinem langweilig-gewohnten Platz hoch und meinte, *„Espi, Schluss jetzt! Wir haben auch noch ein Leben! Und das nehmen wir endlich wieder auf. Ich kann dir nicht sagen, wohin wir fahren, ist auch nicht so wichtig - wir fahren geradewegs ins Blaue."*
Ins Blaue? - Wo soll denn das schon wieder sein? Fahren wir etwa in den Himmel? Ach Charlie, sag nie, mit dir sei es leicht zu leben. Aber ich muss zuhören, sonst weiß ich ja gar nicht mehr, wo es langgehen soll.
„Ich werde auch gar keine Pläne machen, wir fahren einfach los. Das Einzige, was stimmen soll, ist die Richtung. Und die ist gen Süden. Wir beide brauchen

Sonne und Licht und unbedingt auch wieder Freude. Einverstanden?"

Eine ziemlich unnötige Frage - natürlich war ich damit einverstanden.

Sie suchte im Musikschrank noch einige CDs aus, wie sie diese flachen runden Dinger nennt, und meinte: *„Wie wär es mit Walzern und anderen Tänzen, Espi? Mit Schlagern, einfach mit Stimmungsmusik?"*

Wenn du so was überhaupt hast - ist mir bestimmt lieber als ständig diese traurig-schwere Musik.

An den Briefkasten kam ein Zettel „Bitte die Post bei der Nachbarin abgeben". Die bekam auch den Schlüssel, schließlich sollen wegen Charlies Entschluss nicht gleich alle Pflanzen draufgehen.

Anscheinend will meine verrückte Freundin gleich los - wenn die sich was in den Kopf gesetzt hat, dann muss es immer sofort sein! Besser so - sonst überlegt sie es sich am Ende noch anders.

Endlich sitze ich wieder auf dem Beifahrersitz – Charlie schaltet die Tussi ein, gibt murmelnd - warum auch immer, wenn sie doch nicht weiß, wohin sie will - als Adresse *Lindau* ein, schaut mich an: *„Alles bereit, getreuer Mitfahrer?"*

Ja, so kenne ich dich, liebe Charlie, ich bin bereit und freu mich auf unser Experiment. Das soll es doch wohl sein oder irre ich mich?

Viel sagten mir die Städtenamen nicht, die auf den Ausfahrtschildern standen, außer vielleicht die Orte,

in denen wir gemeinsam mit ... nein, daran will ich gar nicht denken.
Nach zwei Stunden sagte die Tussi mit ihrer komischen Stimme: *„Sie fahren schon zwei Stunden, machen Sie doch einmal eine kurze Pause."* Als würde sie das etwas angehen! Aber Charlie suchte tatsächlich die nächste Raststätte auf, mir brachte das ja nichts, denn ich musste im Auto sitzen bleiben, während Charlie in ein Restaurant ging und ziemlich lange wegblieb. Von wegen kurze Pause! Nach einer schieren Endlosigkeit, in der ich nur die verschiedenen Leute beobachten konnte, weil Charlie mich oben neben die Tussi - die wieder nicht mit mir sprechen wollte, dummes Ding, ist sie so eingebildet oder nur langweilig - kam sie wieder. Etwas war in der Zwischenzeit allerdings komisch gewesen, da kamen vorhin drei ziemlich schrecklich aussehende Männer aus dem Restaurant gelaufen. Sie hatten es offensichtlich sehr eilig, sprangen in so einen Kastenwagen und rasten davon.
Als Charlie endlich wiederkam, meinte sie: *„Espi, kannst du dir so eine Unverschämtheit vorstellen? Da sitzt ein Ehepaar am Tisch und isst in aller Seelenruhe. Obgleich das Restaurant fast leer ist, haben sich drei so unheimlich aussehende Männer direkt hinter die Frau gesetzt, die haben aber gar nichts verspeist. Nach einer Weile sind sie rasch aufgestanden, so als hätten sie eine Nachricht bekommen und könnten nicht länger warten. Nach einer Weile wollte die Frau bezahlen, griff nach ihrer Tasche, die über ihrem Stuhl unter ihrem Mantel hing und da war im Portemonnaie nichts mehr drin! Die hat richtig geschrien:*

'500 Euro, mir sind 500 Euro geklaut worden!' Anscheinend haben die Männer heimlich den Geldbeutel leer geräumt und dann - stell dir das vor - sogar die Frechheit besessen, ihn wieder in die Tasche zurückzustecken. Und die Frau hat nichts gemerkt! Wenn's für sie nicht so schrecklich gewesen wäre, hätte ich direkt lachen müssen über so viel Kaltschnäuzigkeit."

Ich hatte Charlie gespannt zugehört, schade, dass ich ihr nicht sagen konnte, dass ich die Kerle gesehen habe. Schon erstaunlich, mein polizeilicher Instinkt oder? Ich hatte die drei gleich im Verdacht, dass da was nicht stimmte. Jedenfalls war Charlie trotz dieser Episode bester Laune, als sie weiterfuhr. Ist schon so lange her, dass ich sie so erlebt habe. Musik, offenes Verdeck, Sonnenschein und die Straße, die wieder einmal vor meinen Augen unter dem Auto verschwand.

Nach einer Weile las Charlie auf einem Schild „Richtung München" und fragte leise: *„Erinnerst du dich Espi, hier haben wir in einer Buchhandlung am Marienplatz gelesen?"*

Charlie, hör auf! So geht das nicht! Du wolltest endlich wieder dein Leben in die Hand nehmen! Mach dir deine Laune nicht mit Erinnerungen kaputt. Sie kam mir plötzlich so allein vor, meine liebste Charlie. Wie gern hätte ich kurz über ihre Hand gestreichelt.

Wo wollte diese Frau nur hin? Wir waren ja schon eine Ewigkeit unterwegs, längst hatte sie wieder eine

Pause gemacht, diesmal allerdings nur sehr kurz. Da hat sie sich nicht lang ausruhen können.
Nach ein paar weiteren Kilometern sagte sie laut und deutlich: *„Espi, wir fahren nicht in den Süden."* Sie schluckte: *„Wir fahren nach Berlin! Das ist zwar die völlig andere Richtung, aber wir haben ja Zeit."* Und das neue Ziel gab sie auch gleich der Tussi ein.

Nach Berlin! Zu Domi?! Zu Puntito?! Zu ... auch zu Johann?
Charlie sprach schon weiter, als könnte ich etwas mit ihren Informationen anfangen. *„Wir sind zwar schon fast in München, aber das macht nichts. Bei der nächsten Ausfahrt fahren wir raus und in Richtung Berlin."*
Was heißt hier „fahren wir" - ich bin da ja ziemlich unbeteiligt. Aber das war überhaupt nicht interessant. Ich wollte viel lieber wissen, warum sie nun doch nach Berlin fährt. Ob sie ... ob sie möchte, dass zwischen ihr und Domi alles wieder gut wird? Nicht mehr wie früher, aber doch gut?
Sie nahm die nächste Ausfahrt, fuhr auf einen nahegelegenen Parkplatz, kramte in ihrer Tasche, zog ein beschriebenes Papier hervor, das einen ziemlich verknitterten Eindruck machte.
„Ich habe vor ein paar Tagen einen Brief von Julia bekommen. Ich les ihn dir mal vor." Charlie schafft es auf ihre Art immer wieder, dass ich mich ernst genommen fühle. Dass der Brief wichtig ist, hörte ich an ihrer Stimme:

'Es ist so viel Zeit vergangen - eine kleine Unendlichkeit. Der Verstand sagt, ja wir sollten erst einmal getrennt bleiben, aber mein Herz rebelliert, und ich kann mir auch jetzt noch nicht vorstellen, wie ein Leben so völlig ohne dich aussehen soll. Wohin meine Augen sehen, sind Erinnerungen, wohin man geht, trifft man auf Bekanntes, Geteiltes. Allein hier in Berlin - überall bist du, überall ist die Zeit, die wir hier verbracht haben - damals.
Ich verstehe dein Schweigen, es tut nur unendlich weh, und ich bin so sehr bei dir, auch wenn ich das nicht zeigen kann. Ich bin ja schon froh, dass du mir wenigstens meine Grüße nicht zurückschickst, die ich manchmal einfach schreiben muss.'
Charlie hielt einen Augenblick inne, die Stimme der Tussi hatte sie unterbrochen. Charlie nickte: *„Tussi, du hast ja recht. Von hier aus muss ich zurück und dann bin ich in der Richtung nach Berlin. Aber jetzt wart doch mal einen Augenblick."*
Und wie zu sich selbst - oder vielleicht doch für mich - meinte sie noch:
„Ist allerdings ein bisschen weit und heute schaffen wir es nicht mehr. Dann übernachten wir eben unterwegs. Und kommen morgen erst an."
Ich hatte eher den Eindruck, als wäre ihr das sogar angenehm, dass wir erst morgen in Berlin ankämen. Nur - übernachten! Wo denn? Im Auto? Ach, das war mir auch egal, mir dröhnte eh schon der Kopf von all dem Neuen, das alles wieder mal veränderte. Meine Gedanken waren auch noch bei dem Brief, und ich hätte so gern gesagt, 'Domi, deine Grüße liegen alle in

einem braunen Karton, das ist fast, wie zurückschicken.'

Halt, ich muss Charlie zuhören, ich merke nämlich, dass sie mit mir spricht, auch wenn ich ihr nicht antworten kann. Die Tussi war wieder ruhig und Charlie meinte: „*Außerdem hat sie noch geschrieben: 'Du antwortest mir nicht, ich weiß nicht, wie du meine Nachrichten aufnimmst. Alles ist überzogen mit dem Wissen, dass etwas Entscheidendes anders ist und mir jedes Wort banal und einfach als "zu wenig" erscheint. Meine Empfindungen haben sich - so seltsam sich das auch anhört - dir gegenüber nicht verändert. Johann war doch eine lange Zeit wie von der Entfernung verschluckt. Und plötzlich wurde noch einmal alles anders. Glaubst du mir, wenn für mich immer noch, was uns betrifft, eine lebendige Gegenwart herrscht? Du bist überall dabei und ich schwöre dir, ich würde zum Nordpol laufen, könnte ich damit etwas leichter machen.*"

Und dann kamen mir - zumindest so, wie ich dazu fähig bin - die Tränen. Weil Domi anscheinend auch den Puntito nicht vergessen hat, denn Charlie fügte noch einen Nachsatz des Briefes hinzu:

Wenn ich abends den Puntito zu den anderen Kuscheltieren lege, spüre ich direkt, wie er nach Espi fragen möchte. Da kann ich ihm kaum antworten und ich bin einfach nur traurig.'

Was für ein schöner Brief. Aber es ist doch gewiss nicht der erste dieser Art, den Charlie bekommen hat. Woher also jetzt ihr Sinneswandel? Als Charlie jetzt

wieder startete, hätte ich am liebsten laut gefragt: 'Wieso fährst du jetzt doch nach Berlin?' Ganz kann ich mir das immer noch nicht erklären.
Domi - kannst du das verstehen? Oder ist es deshalb, weil Charlie das Gleiche fühlt wie du? Glaubt sie vielleicht plötzlich, dass das, was zwischen euch war, nicht einfach so enden kann! Und deshalb lieber nach Berlin statt in den sonnigen Süden fahren möchte?
Nach langem Schweigen sagte Charlie leise:
„Weißt du, Espi, ich ertrag es einfach nicht, dass Julia vielleicht denkt, sie wäre uns nicht mehr wichtig. Du und ich wissen, dass es nicht so ist. Wir hatten ein so wunderbares gemeinsames Leben", sie beugte sich zu mir hinüber - *„dem wir schließlich auch dich verdanken."*
Also hatte ich wieder mal recht mit dem, was ich eben gedacht habe. Trotzdem möchte ich jetzt am liebsten schreien: 'Charlie, schau auf die Straße, ich kann doch sowieso nicht antworten. Siehst du nicht die gefährlichen Kurven, die wir dauernd fahren? Mal nach links und dann nach rechts.' Na ja, wenigstens fuhr sie für ihre Verhältnisse sehr langsam - das kann nur Vorschrift sein, von selbst würde Charlie das nie machen.
Sie schaute wieder nach vorne und meinte noch: *„Auf dem nächsten Parkplatz buche ich uns ein Zimmer im Novum Hotel City B, wo wir schon einmal waren. Erinnerst du dich? Die schmale Wendeltreppe zum Schlafzimmer?"*
Klar erinnere ich mich dran. Puntito und ich saßen immer dort oben am Fenster und haben auf die vielen

Züge geschaut, die über die Brücke uns gegenüber donnerten. Nicht nur ihr habt etwas Wunderschönes eures Lebens verloren. Ach Domi, warum bist du - halt, Espi sei ruhig. Das ist gar nicht wichtig. Charlie will wieder leben - alles andere ist nebensächlich.
Nebensache? Na ja ...!

*

Wir haben gestern Abend in einer Raststätte übernachtet - das war wirklich abenteuerlich. Dauernd Autos und der Lärm von der Autobahn und der Gestank nach Benzin und die Lastwagenfahrer, die sich in lauter fremden Sprachen unterhalten haben. Deshalb sind wir schon sehr früh losgefahren, ich glaube, Charlie hat genauso wenig schlafen können wie ich.
Aber dann - Berlin! Ich kann verstehen, dass Domi hier leben wollte. Was für eine Stadt! Ich war ja schon hier, aber sie ist immer irgendwie neu. Allerdings ob es mir für immer gefallen würde, hier zu wohnen - ich weiß nicht. So viele Menschen, da muss man sich als Einzelner doch sehr verloren vorkommen. Gibt es das überhaupt - Einsamkeit in einer Menschenmenge? Die Frage wird mir wohl nie jemand beantworten können.

Jedenfalls hat Charlie erstaunlich schnell den Weg in die Potsdamer Straße gefunden. Sie hat sogar einen Parkplatz bekommen - Stellplatz nennt es die nette

Frau am Empfang. Was soll es auch sonst sein, werden die Autos in anderen Garagen etwa gelegt!
Die nette Frau hat uns - auch wenn Charlie nur ein Appartement für eine Person gemietet hat - ich zähl da ja nicht - wieder das gleiche gegeben wie beim letzten Besuch. Die Wendeltreppe fiel Charlie heute zwar ein bisschen schwerer als vor Jahren, aber sie hatte sich doch gefreut, dass wir mitten in unseren Erinnerungen leben können. Koffer ist ausgepackt und nun bin ich gespannt, wann Charlie Domi anrufen wird. Ob die Überraschung gelingt? Wie Johann reagiert und überhaupt - wie es weitergehen soll.
An sich könnte Charlie doch ohne weiteres nach Berlin ziehen - Ob das aber wirklich so gut wäre - immer in der Nähe von Domi und trotzdem endlos weit entfernt? Ich denk mal wieder zu viel. Außerdem hab ich doch grad vorhin gedacht, dass ich hier nicht für immer leben möchte!
Auf etwas bin ich gespannt und wenn ich daran denke, dann zieht sich in mir drin etwas ganz aufgeregt aber auch ein bisschen schmerzhaft zusammen - wahrscheinlich das Herz, was bei Menschen so ungeheuer wichtig ist. Wird der Puntito mitkommen? Wird er sich überhaupt noch an mich erinnern? Vielleicht will er gar nichts mehr von mir wissen! Lauter Fragen und niemand kann sie mir beantworten.
Jetzt hat Charlie schon viermal ihr Handy vorgekramt und doch wieder weggesteckt! Auf was wartet sie

eigentlich? Los Charlie - du hast doch sonst immer so viel Mut gehabt.
„Espi, ich glaub, ich ruf heute nicht mehr an - ich weiß nicht, wie Julia reagieren wird.“
Wie blöd - wenn du nicht anrufst, kannst du das auch nicht wissen. Andererseits versteh ich sie ein bisschen - mir geht es mit dem Puntito ja auch nicht anders.

Wir gingen noch ein wenig spazieren - mich hat sie auch mitgenommen. Wahrscheinlich braucht sie mich im Augenblick so ein bisschen als Stütze! Eingekehrt sind wir im Café Berio. Charlie hat sich so komisch umgeschaut, hat flüsternd den Spruch über den Getränken gelesen *„wo alles begann“* und dann liefen ihr Tränen übers Gesicht.
‘Charlie, was ist los?’ Dumme Frage, mit diesem Ort müssen besonders schöne Erinnerungen verbunden sein. Charlie und Domi waren ja oft in Berlin, haben in diesem Café gewiss gefrühstückt, sich unterhalten, waren glücklich.
Jetzt steuerte Charlie auf einen ganz bestimmten Tisch zu, und ich kann mir schon denken, dass sie damals genau an dem mit Domi gesessen hat. Leise sagte sie zu mir: *„Espi, ich habe das Empfinden, als könnte ich die Gegenwart von Julia körperlich spüren. Von dem Café aus hat sie mir, als sie geschäftlich in Berlin gewesen ist, eine wunderschöne Karte über ihre Träume geschickt. Den Traum, hier wieder mal gemeinsam zu frühstücken. In die Sonne zu blinzeln und uns dabei zuzulächeln, einfach*

zusammen zu sein, egal wo und zu lachen, lachen, lachen, einfach nur zu genießen. Und dass sie mich vermisst."
Ach Charlie, denk nicht mehr dran - das tut bloß weh. Und auch ich musste die Tränen zurückhalten. Aber dann dachte ich, nein, Charlie, so nicht - wir sind doch nicht hierher gefahren, um in Erinnerungen zu leben. Du wolltest viel eher eine neue Zukunft schaffen. Kriech nicht in diese Traurigkeit zurück. Und - und das darfst du auch Domi nicht antun - bitte nicht! Wenn ich ihr das nur sagen könnte.
Unvermutet nahm Charlie ihr Handy hervor, wählte eine Nummer, wartete, sagte nur: *„Ich bin im Café Berio."* Den Schrei *„Charlie!"* habe ich bis zu mir durchs Telefon gehört. Charlie hatte schon aufgelegt, hatte gar nicht abgewartet, was Domi noch sagen würde. Stattdessen bestellte sie einen Espresso und wartete. Ich spürte ihre enorme Anspannung, ihr inneres Zittern. Charlie, liebste Charlie ...

Es verging eine halbe Stunde, dann sah ich Domi. Sie stand suchend in der Tür. Gleich darauf hatte auch Charlie sie entdeckt. Ganz langsam erhob sie sich. Und dann ...! Dann liefen die beiden Frauen quer durchs Lokal, vorbei an Tischen und zwischen Stühlen hindurch aufeinander zu, umarmten sich, lachten und weinten und störten sich überhaupt nicht daran, dass die Leute rundum ziemlich dämlich guckten. Dabei fällt mir auf: was hat *dämlich* mit Damen zu tun - schauen Männer nicht auch oft genug ziemlich doof?

Eng umschlungen traten meine beiden Freundinnen an den Tisch. Domi schaute sich suchend um. He, denkst du, ich sitz da irgendwo! Schau doch mal in die Tasche von Charlie, die auf einem der Stühle steht. Und das tat sie dann auch - ganz vorsichtig nahm sie mich raus, hielt mich mit beiden Händen umfangen und drückte mich an ihr Gesicht. Und ich fühlte mich wie zu Hause, so, wie es jahrelang gewesen war, warm, geborgen, voller Liebe und Träume. Warum nur - warum muss immer alles zerstört werden.
Doch schnell vergaß ich all meine traurigen Gedanken - Domi griff in ihre Anoraktasche - und - zog den Puntito hervor. Nein, wir konnten nicht aufeinander zulaufen, wir konnten auch nicht jauchzen und lachen und weinen gleichzeitig, aber als Domi uns nah zusammen auf den dritten Stuhl am Tisch setzte, meinte Puntito mit einem tiefen Seufzer 'endlich'. Mehr brauchten wir auch nicht zu sagen.
Im Gegensatz zu den beiden Frauen - zwischen langen Schweigeminuten erzählten sie über ihr Leben, nur ihre Gefühle berührten sie mit keinem Wort. Ich konnte auch nicht das zärtliche Zusammengehören von früher entdecken. Es blieb verborgen unter einem Schleier von Unsicherheit. Jedenfalls hatte ich diesen Eindruck, aber es schien nicht wichtig zu sein.

Es wurde ein langer Abend, wir kamen erst um 12 Uhr ins Hotel, aber auch nur deshalb, weil das Café Berio um Mitternacht zumacht. Domi hatte zwar angeboten, dass wir in ihrer Wohnung übernachten

sollten, aber das lehnte Charlie schroff ab. Sie wollte das Zusammenleben von Domi und Johann nicht ertragen, und ich verstand sie nur zu gut.
Als sie im Bett lag, holte sie mich dicht neben sich.
„Ach, Espi - es ist alles so anders geworden."
'Ja, Charlie, anders - aber doch immer noch schön oder? Ihr habt euch so gefreut, ist es das nicht wert? Nur mit Puntito ist es das Gleiche wie früher - da haben wir Kuscheltiere einen Vorteil gegenüber euch Menschen.

18. Kapitel

Am nächsten Morgen läutete Charlies Handy schon sehr früh - seltsam, normalerweise stellt sie es nachts doch immer ab. Also hat sie den Anruf erwartet. Deshalb war sie auch so zeitig aufgestanden. Hat Domi Angst, dass Charlie doch nicht zu ihr kommt? Dass sie Johann nicht sehen möchte? Ich hörte, wie Charlie ihr versicherte, dass wir bald da sein würden. Als sie aufgelegt hatte, nahm sie mich hoch und meinte: *„Siehst du, Espi, so ist es mit uns Menschen. Da wünschen wir uns was von ganzem Herzen und dann haben wir Angst, dass wir es doch nicht bekommen. Wir denken einfach zu viel."*

Mensch Charlie, du hast am frühen Morgen schon etwas festgestellt, was ich in all den Jahren, die ich bei euch bin, so oft beobachtet habe. Manchmal solltet ihr euer Denken abschalten und dafür dem Gefühl vertrauen.

Aber jetzt war keine Zeit für philosophische Überlegungen - die sind mir eh noch nie geheuer gewesen. Charlie packte mich in ihre Tasche, suchte wieder mal ihre Autoschlüssel, dabei hat sie mich gerade drauf gesetzt - erst nach 10 Minuten Suchen kam ihr die Idee, mal in ihrer Tasche nachzuschauen. Danach ab in die Garage und dann sagt die Tussi nur noch *„biegen sie links ab, biegen sie nach der zweiten Straße*

rechts ab - und so ging es 20 Minuten lang, dann sagte sie: Alexanderplatz - sie haben ihr Ziel erreicht."
Woher die das alles weiß? Allmählich fange ich ja doch an, sie zu bewundern.
Aber das vergaß ich schnell, als Charlie sagte: „Schau mal Espi - das ist die Weltzeituhr." Ich konnte nur staunen, wie schön, aber bitte - was ist Weltzeit? Und was sollen all die unzähligen Namen auf der Uhr? Die Erklärung kam prompt, denn Charlie hatte noch nicht aufgehört zu sprechen. *„Ich war schon so oft hier, aber Berlin ist und bleibt was Besonderes und da vor allem der Alexanderplatz. Auf dieser Uhr stehen die Namen von 148 Städten und ihrer Jetztzeit. Kannst du dir das vorstellen?"*
Vorstellen vielleicht nicht, nur - wie wichtig ist es eigentlich, die Uhrzeit von 148 Städten zu wissen? Aber ich gebe zu, das war mir im Augenblick völlig gleichgültig, ich wollte, dass wir endlich bei der Domi sind und ich den Johann sehe und auch wieder den Puntito. Charlie fand sogar einen Parkplatz in der Nähe der Schillingstraße, wo Domi wohnt. Wie groß und weit die Straßen hier sind - wenn ich da an die Mainzer Straßen denke!
Trotzdem frag ich mich - so viel Stein, wo sind die Tiere, wo die Vögel?
Auf Charlies Terrasse kann ich schon morgens früh ihren Gesang und ihr gegenseitiges Rufen hören, aber hier ist nur Lärm. Ab und an mal ein Hund - da fällt mir gleich der kleine Freddy ein. Ob der Vater den noch einmal ausgesetzt hat?

Nee, ich wollte doch nicht in einer so großen Stadt wohnen. Aber auch das interessiert mich im Moment alles nicht sehr, ich wurde ganz aufgeregt, als wir in ein riesengroßes Haus traten und mit einem Aufzug hoch hinauf fuhren.

Die Tür zu Domis Wohnung war schon offen und da stand - Johann. Ich muss zugeben, dass ich mich wirklich gefreut habe, ihn zu sehen, aber gleichzeitig dachte ich 'du hast uns also doch noch Domi weggenommen' und das tat nichts als weh. Natürlich hatte er mich schon längst in der offenen Tasche von Charlie entdeckt, aber ich glaube, er wusste nicht, wie er reagieren sollte. 'Los, begrüß mich schon, dann haben wir diese ersten Augenblicke hinter uns.'
Er griff in Charlies Tasche - ist ja auch nicht die feine Art - hob mich hoch und meinte: *„Na du!"*
War das alles, was er mir zu sagen hatte? Ziemlich enttäuschend. Also auch unsere Beziehung hat nicht wirklich gehalten. War es denn überhaupt so was wie eine Beziehung? Älter war er geworden, der liebe Johann. Aber das war Charlie ebenso und Domi hatte ebenfalls schon einige graue Haare. Manchmal frag ich mich, ob es nicht besser wäre, wenn ich auch älter würde. Ich bin zwar ein bisschen zerzauster als noch vor Jahren, aber eigentlich noch genauso verführerisch wie am ersten Tag. 'Stimmt's Puntito?' 'Das war wieder mal typisch Espi, eitel und eingebildet', stellte dieser fest und damit war es, als wäre zumindest für uns keine Zeit vergangen.

Lange stockten die Gespräche - die drei waren so verlegen, dass Puntito und ich das schon wieder amüsant fanden. Die können sprechen, denken, lächeln, diskutieren und finden doch in solchen Momenten nicht die passenden Worte. Allerdings - was für Worte denn? Es ist doch alles klar, Domi lebt mit Johann und Charlie mit mir.
Es wurde kein guter Tag. Die drei quälten sich durch Erklärungsversuche, durch belanglose Gespräche - nichts wurde wirklich berührt, nichts akzeptiert. Aber ich glaube, das lag nicht an meiner Charlie und an meiner Domi - „meiner!" jaaaa, ihr seid meine Freundinnen und da kann meinetwegen die ganze Welt untergehen und als erster mit ihr der Johann. Aber was konnte er denn dafür? In Wirklichkeit konnte nichts wegerklärt werden, es waren nur mühsame Versuche, Gemeinsamkeiten, die es nicht mehr gab, künstlich herstellen zu wollen.
Nur als wir essen gingen, wurde es fast normal. Ich sage immer „wir" - es ist schon erstaunlich, wie wir an allem teilnehmen dürfen - der Puntito und ich - ich hatte die seltsame Vermutung, dass sich diese drei erwachsenen Menschen an uns beiden kleinen Kuscheltieren festhielten.
Später gab es doch noch einmal ein „Gespräch" mit Johann. Als wir wieder in Domis Wohnung waren, nahm er mich mit auf den schmalen Balkon. *„Na Kleiner, hast du dich auch immer schön festgehalten"* und er näherte sich beängstigend nah der Brüstung. Tief unten lag die Straße, hier wäre ich nicht so glimpflich

davongekommen, auch wenn mich irgend ein Johann aufgehoben hätte. Plötzlich war da nur noch Traurigkeit und genau das schien er zu spüren: *„Ich wollte euch die Julia nicht wegnehmen, Espi. Ich verstehe auch nicht, warum die beiden Frauen so reagieren, warum sie ihre Freundschaft einfach aufgegeben haben. Im Grunde sollte man seiner Freundin doch das Glück gönnen, wenn sie jemanden gefunden hat, den sie so liebt, dass sie nochmals von vorne anfangen möchte."*

'Halt, mein Lieber! Hier bist du völlig im Irrtum. Liebe, Glück - das war das gemeinsame Leben von Charlie und Domi. Da lass ich mir jetzt von dir nichts vormachen. Die haben sich geliebt, denn Freundschaft kann auch Liebe sein - halt nicht so wie mit dir, aber genauso intensiv, genauso verbindend, und es kann genauso wehtun, wie wenn eine Liebesbeziehung kaputt geht. Domi hat, wie du behauptest, das Glück gefunden. Aber meine Charlie nur die Einsamkeit. Kannst du dir das überhaupt vorstellen - die Wochenende, die Feiertage, die Urlaube, so viel Zusammensein und dann kommst du ...' Nein, das war jetzt nicht fair, niemand hat Domi gezwungen zu gehen. Ach, ich weiß gar nichts mehr. Lasst mich doch alle einfach in Ruh.

Mittlerweile hatte Johann weitergesprochen. *„Ich hätte es mir doch auch nie träumen lassen, dass sich - als ich an einem total verregneten, stürmischen Tag ein kleines verknautschtes Kuscheltier hochgehoben habe - mein Leben nochmals so vollkommen verändern würde. Ich bin ja zuerst weggegangen, weil ich noch zu sehr getrauert und* *mich zu schuldig gefühlt habe. Aber irgendwann merkte ich, dass ich immer öfter an Julia dachte, dass ich mich nach ihrer Stimme, nach ihrem Lächeln sehnte, und da hab ich ihr eben geschrieben."*

Ja, siehste, und jetzt sehnt sich die Charlie, denn Domis Stimme, ihr Lachen und noch viel mehr begleitete so lange ihr Leben. Aber trotz allem hast du recht - so was nennt man wohl Schicksal. Wer „schickt" das eigentlich? Dem sollte man sagen, dass er ein bisschen vorsichtiger sein sollte.

„Na, ist die Unterhaltung mit Johann angenehm?" Domi war auf den Balkon getreten und hatte mich Johann weggenommen. Und dann fügte sie etwas hinzu, was mich einen Augenblick unendlich freute: *„Wir werden uns jetzt wieder öfter sehen, kleiner Espi. Ich komme zu euch und Charlie kommt nach Berlin und natürlich immer mit dir. Einverstanden?"*

Nun, mein Einverständnis kann ich dir wohl kaum zeigen, aber das war auch völlig gleichgültig. Die beiden werden sich öfter sehen und ich den Puntito auch. Das Leben versprach wieder schön zu werden. Geht doch - oder?

*

Und so kam es auch. Einmal im Monat fuhren wir mit dem Zug nach Berlin, einen Monat später war Domi hier. Aber es ist noch nicht einmal der Abglanz von dem, was es einst war.

Mit wie wenig sich die Menschen zufrieden geben, wenn Vergangenes unerreichbar geworden ist. All das Lebendige und Einmalige der Zeit mit Domi und Charlie ist verblasst.
Vorigen Monat hat Charlie so einen komischen Karren bekommen, den sie vor sich herschieben muss, damit sie nicht hinfällt. Wo ist der rote Sportwagenflitzer geblieben, mit dem sie so einmalige Touren gefahren ist? Auch die Tussi ist verschwunden - kein Wunder, Charlie braucht sie wohl kaum an ihrem neuen Gefährt, das die Leute Rollator nennen. Puntito und ich haben uns mal ausgemalt, wie es wäre, wenn sie die Tussi vorne auf die Ablage ihres Gefährts legen würde und die würde dann mit ihrer komischen Stimme sagen: 'jetzt nach links - die nächste Ausfahrt rechts' - welche Ausfahrt, liebe Tussi? Es gibt keine Ausfahrten mehr.
Wir haben bei der Vorstellung dauernd kichern müssen.
Aber so schlimm, wie es jetzt gerade klang, ist das Leben doch nicht. Charlie hält noch immer Vorträge, und sie schreibt auch noch Bücher - aber bei allem fehlt das, was Charlie einst ausgemacht hat. Die Unbekümmertheit, das Vertrauen, die Sehnsucht nach Zärtlichkeit, die Pläne, die an keiner Grenze haltmachten.

Dieses Jahr will sie noch einmal nach Cuxhaven - allein - na ja, selbstverständlich mit mir. Und ... sie sagt Domi nichts davon.

Zuerst dachte ich, das dauert noch ewig, wir haben doch erst Juni, aber so schnell war der Oktober da, der immer der Reisemonat nach Cuxhaven gewesen war. Wie viel Erinnerungen - schon allein auf der Bahnfahrt. Was wohl aus der jungen Frau geworden ist, die damals der Frau mit ihrem Schatzilein ihre Meinung gesagt hat? Was mit der, die sich über mich so aufgeregt hat?
In Cuxhaven nahmen wir, wie beim letzten Mal, ein Taxi und in Duhnen bekamen wir, wie vor Jahren, auch wieder die Wohnung im siebten Stock, direkt vor dem Aufzug. Wie lange waren wir nicht hier gewesen? Bestimmt mehr als zwölf Jahre! Unglaublich.

Herr Hauser, der unsympathische Hausmeister war nicht mehr da, was ich nicht gerade bedauerte, dafür begrüßte uns sehr freundlich ein junger Mann, der sich mit „Timo" vorstellte und Charlie mit dem Gepäck und dem Rollator half und uns noch einen schönen Urlaub wünschte. Ich traute meinen Ohren nicht … Charlie und mir. Er war mir gleich richtig sympathisch. Ob wir auch wirklich einen schönen Urlaub haben werden? So allein! Und so voller für immer vergangener Erlebnisse, die noch irgendwo ins uns atmeten!
Wir waren gerade zwei Tage hier, als es energisch an der Tür klingelte. Einen Ton, den wir noch nie gehört hatten, wer sollte uns schon besuchen, wir kennen ja

niemanden hier! Charlie hatte auch, soviel ich mitbekommen habe - und ich bekomme ja alles mit - dem jungen Timo keinen Auftrag gegeben, irgendetwas zu besorgen. Sie selbst hat in dieser Zeit alles eingekauft, was sie fürs Frühstück braucht - das ist ja wirklich wenig, denn mittags geht sie essen und abends gibt es nur noch Obst. Was sie für ihre Schönheit benötigt, hat sie natürlich alles mitgebracht und ich glaube, das hat den Koffer erst so richtig schwer gemacht!
Eher widerwillig ging Charlie zur Tür, sie wollte nicht gestört werden - denn hier möchte sie, wie sie sagte, ihr letztes Buch fertig schreiben.
Es blieb seltsam still, als sie geöffnet hatte. Ich konnte von meinem Platz aus nichts sehen. Ob was passiert war? Nach einer endlosen Weile - zumindest meiner Neugier erschien sie unendlich - kamen sie eng umschlungen ins Zimmer zurück - Domi und Charlie! Ich war wie paralysiert, konnte kaum fassen, was ich da vor mir sah. Hatte sie Johann verlassen? Das glaub ich eher nicht. Aber warum war sie dann hier?
„Espi, Domi wird diesen Urlaub mit uns beiden verbringen. Ich nehme an, das ist dir recht?" Mir!? Mein Herz machte einen Riesensprung und sagte dauernd: 'Ich freu mich, ich freu mich so unendlich. Was für eine Überraschung!' Und nach einer Weile: 'Ich hoffe doch, der Puntito ist auch da!'
Und dann erklärte Domi uns, dass sie durch Claudius erfahren hat, wo wir seien. Sie hätte sich Sorgen gemacht, weil Charlie nicht mehr an ihr Handy

gegangen wäre, und da hätte sie einfach ihn angerufen.
Ach Claudius, du bist ein Schatz. Danke! Das musste gesagt werden, auch wenn er sich einst - in welcher Vergangenheit war das eigentlich? - so über mich gewundert hat oder besser gesagt über seine Mutter, die mit einem Kuscheltier lebte. Lebte? Na, das ist vielleicht übertrieben, aber ein wenig stimmt es schon, oder?
„Und dann dachte ich, dass ich eine Riesenlust habe, noch einmal einen gemeinsamen Urlaub mit euch zu verbringen, so wie es vor der Johannzeit gewesen ist", fügte Domi hinzu.
Deshalb brauch ich aber nicht noch einmal vom Balkon zu fallen? Aber ich meinte die Frage nicht ernst, denn innerlich wusste ich, was Domi sagen wollte. Und Charlie anscheinend auch, denn sie umarmte Domi auf eine Art, wie sie es vor langer, langer Zeit zum letzten Mal gemacht hatte.
Als sie ihre Tasche auspackte, setzte Domi wie selbstverständlich den Puntito neben mich. Jetzt war die Welt wieder in Ordnung - wir vier zusammen in unserem Duhnen und der Wohnung, wo sich so viele gemeinsame Erlebnisse versteckten. Und vor dem Balkon das weite Meer und der Strand und die Promenade. Obgleich ... es hatte nichts wirklich mit Cuxhaven zu tun, es gab so viele Orte, wo wir glücklich gewesen waren. Wir waren einfach angekommen! Wo? Das war doch völlig gleichgültig.

Ich spürte wieder die Liebe zwischen meinen beiden Freundinnen, ihre Zusammengehörigkeit, das Einmalige, was diese Beziehung ausgemacht hat und vielleicht wieder ausmachen wird? Nein, das wollte ich nicht fragen - im Augenblick war alles richtig, wie es war - was interessierte mich die Zukunft!

Es begann eine herrliche Zeit. Vor allem liebten wir alle die langen Spaziergänge. Ein paarmal auch nach Sahlenburg, doch wie auf Verabredung schaute keiner zu Johanns ehemaligem kleinem Häuschen. Aber denken taten wir alle an ihn - wäre es nicht schön, wenn er, wie damals, bei uns sein könnte? Aber abgesehen davon, dass er gerade eine Ausstellung seiner Bilder vorbereitete, wie Domi erzählte, wollten wir es auch nicht wirklich. Wie es wohl seinem Kater, dem Tiger ging? Ich hatte ihn in Berlin nicht gesehen. Hat er ihn auch ausgesetzt, wie damals dieser Kerl den Freddy. War er ihm im Weg? Nein, das glaube ich nicht, das wäre nicht Johanns Art. Dann hätte er mich damals nicht im Regen aufgehoben.
Wir fuhren mit einem Pferdewagen nach Neuwerk - das ist so eine kleine Insel vor Cuxhaven - das war vielleicht ein Gerüttel, ich war froh, dass mein Körper aus weichem Material war, Knochen müssen ziemlich hart sein, denn Charlie stöhnte schrecklich darüber, dass sie jeden einzelnen davon spüren würde. Das können dann aber nicht viele gewesen sein, denn in Neuwerk wollte sie gleich weiter spazieren gehen, von Ausruhen war keine Rede.

An anderen Tagen besuchten sie all die Lokale, die sie vor Jahren so gemocht hatten. Oft sah ich, wie Domi dabei zärtlich nach Charlies Hand griff. Warum tat Charlie dies nie? Ich glaube, sie wollte nicht wieder so tief hineinschlittern in das absolute „Wir-gehören-zusammen-Gefühl" wie vor der Johannzeit, denn irgendwann waren wohl auch die Ferien in Duhnen vorbei!
Am schönsten war es, wenn sie Domi aus dem Buch vorlas, das sie hier beenden wollte. Da gingen oft halbe Nächte drauf, denn sie hatte ja, als sie getrennt waren, weiter geschrieben. Wichtiges teilen, nachholen, was sie versäumt hatten! Ich fand das nicht mehr als richtig, denn nur, wenn sie sich vorlasen, konnte ich - wie früher - auch daran teilnehmen. Niemand hatte mir in der Zwischenzeit Lesen beigebracht! Manchmal ist Zuhören viel wichtiger oder ...?

Wir fuhren öfter nach Cuxhaven, jetzt endlich lernten Puntito und ich die Stadt richtig kennen. Aber war sie so viel anders wie all die anderen Städte, die wir schon auf den Lesereisen besucht haben? Klar, die Lage am Meer war etwas Besonderes, aber ansonsten überall die gleichen Innenstädte, die gleichen Kaufhäuser, die gleichen sich abhetzenden Menschen. Deshalb war es immer wieder schön, wenn wir nach Duhnen zurückkehrten, auf dem Balkon saßen, den Wellen zuhörten, den Wolken nachsahen und gar nicht viel geredet werden musste, weil Domi und

Charlie sich auch ohne Worte zu verstehen schienen. Und nachts, wenn sie beschützt durch ihre gegenseitige Wärme in ihren Betten lagen, war da auch wieder ihr Lachen... das so lang vermisste Lachen.
Puntito und ich hatten nichts dagegen, dass sie uns manchmal vergaßen, dass wir die ganze Nacht am Fenster saßen und die Sterne beobachteten. Das war ein Glitzern und Leuchten, viel schöner als in Mainz - dort töten die Straßenlampen das Licht der Sterne.

Schnell waren die beiden Wochen vergangen. Ich wollte es gar nicht glauben. Alles schon wieder vorbei? Warum hat die Zeit eigentlich zweierlei Rhythmus? Wenn ich bei Charlie auf dem Schreibtisch sitze, dann schleichen die Stunden manchmal an mir vorüber. Und wenn wir was unternehmen oder wenn ich etwas so Schönes und Einmaliges, wie die beiden letzten Wochen erleben darf, dann rennen sie, als wäre man hinter ihnen her. Ob es überall und immer so war, oder ob nur ich, weil ich natürlich besonders sensibel bin, das so empfinde? Aber der Puntito hat mir gesagt, dass es ihm genauso geht - kein Wunder, wir sind ja auch befreundet.
Jedenfalls hieß es schon wieder Kofferpacken, Taxi bestellen, zum Bahnhof fahren. Domi musste in einen anderen Zug einsteigen als Charlie, klar - ihrer fährt ja schließlich nach Berlin, unserer nach Mainz.

Abschied - ein scheußliches Wort und ein noch viel scheußlicheres Gefühl. Ob es Domi und Charlie und

natürlich auch Puntito genauso geht wie mir - es war ein bisschen wie für immer. Trotzdem habe ich heute das Gefühl, es war ein anderer Abschied. Nicht so endgültig, er tat nicht so schrecklich weh wie vor Jahren, als Domi Charlie verließ. Die Entfernung spielte ab jetzt keine so große Rolle mehr - stell ich mir wenigstens vor, weil sie sich wieder richtig lieb haben. Gibt es ein falsches Lieb haben? Ja, ich glaube, falsch ist, wenn man den andern nicht mehr verstehen kann. Zwischen Puntito und mir war es auf jeden Fall ein richtiges Lieb haben.
Wir würden ewig zusammenbleiben können, weil wir ja nicht sterben müssen. Aber daran möchte ich jetzt gar nicht denken. Ein bisschen tat es nämlich doch weh, als die beiden in den Zug stiegen - Charlie winkte, ich konnte nur stumm zuschauen.

19. Kapitel

Weihnachten war schon lange vorbei - Charlie mochte dieses Fest nicht sonderlich, meist gibt sie nur Tannenzweige in eine große Vase, auf die sie bunte Vögel setzt und daneben brennt eine Kerze. Ich könnte stundenlang in dieses flackernde Licht schauen - dabei nachdenken und von meiner wunderschönen Zeit mit Domi und Charlie träumen...
Claudius hatte dieses Mal leider keine Zeit zu kommen, deshalb wollte sie es noch weniger feiern. 'Könntest du eigentlich nicht auch zu ihm fahren'? dachte ich, aber es geht mich ja nichts an. Wahrscheinlich ist eine solche Reise im Winter auch viel zu anstrengend, zumindest für sie - für mich ja nicht! Aber ich brauch schließlich auch noch keinen Rollator!
Domi rief seit unserem gemeinsamen Urlaub in Duhnen jeden zweiten Tag an - manchmal redeten sie stundenlang zusammen und dann wieder gab es Tage, da schwiegen beide zwischendurch ganz lang am Telefon. Ich glaube, das war ein traurig-sehnsüchtiges Schweigen, aber das kann natürlich Einbildung von mir sein. Puntito lässt mich nur immer grüßen - wäre ja auch etwas schwierig, stumm miteinander zu telefonieren.

Es war noch ziemlich kühl, obgleich die Sonne schien. Vor ein paar Tagen kam Charlie aufgeregt von ihrer Terrasse herein, nahm mich hoch und sagte: *„Das muss ich dir unbedingt zeigen, Espi“.*
Und sie beugte sich über einen verwelkt aussehenden Strauch, ich glaube, es ist die Hortensie, eine ihrer Lieblingsblumen. Sie schneidet die verblühten Köpfe immer erst im Frühjahr ab, damit sie im Winter dem Strauch noch ein wenig Wärme geben. Ich finde es schön, dass Charlie ihre Pflanzen wichtig nimmt, mit ihnen spricht und sich oft so sehr über sie freut. Jetzt zeigte sie mir die ersten grünen Triebe - so nennt sie diese grünen Blättchen, ich versteh ja nichts davon, aber ich kann sie auch sehen.
„Siehst du Espi, jetzt haben wir bald wieder Frühling - ich sehn mich so danach - lange Tage, kurze Nächte, Helligkeit, ihn mag ich am liebsten von allen Jahreszeiten. Es ist wie ein Anfang, wie ganz viel Hoffnung.“
Na ja, das stimmt schon, aber den haben wir doch jedes Jahr. Erst den Anfang, dann blüht alles fantastisch, danach fangen die Blumen und überhaupt alles an zu welken, der Winter deckt mit Kälte zu, was eventuell noch gegen dieses Absterben rebelliert hat und im nächsten Jahr kommt alles wieder. Warum ist das so? Ob ich mich je daran gewöhne, dass ich auf Fragen meist keine Antworten bekomme?
„Ich finde die Idee einfach tröstlich, dass alles immer wieder neu beginnt“, meinte Charlie noch, bevor sie mich diesmal auf die Fensterbank setzte, damit ich

rausschauen konnte. Allerdings - viel zu sehen gibt es noch nicht.

Es war vier Tage später. 'He Charlie, du musst aufstehen, gleich kommt die Frau Heinrich.' Das ist diejenige, die hier immer putzt, obgleich wir doch gar keinen Schmutz machen. Charlie rührte sich nicht, kein Wunder, schließlich kann sie mich ja nicht hören. Aber hat nicht vorhin der Wecker geläutet? Den überhört sie doch nie! Ich schielte zu ihr hinüber, aber sie schlief anscheinend fest. Komisch.
Nach einer Stunde schellte es, leider kann ich nicht aufmachen. Aber das macht nichts, die Frau Heinrich hat einen Schlüssel. Nachdem sie aufgeschlossen hat, rief sie fragend: *„Frau Berger, sind Sie da?"* Klar ist sie da, aber heute hat sie so richtig verschlafen. Frau Heinrich dachte wohl, dass Charlie schon einkaufen oder sonst wo hingegangen wäre, denn sie fing gleich im Bad an, das ist immer die erste Station in ihrem Putzrhythmus. Danach kommt Charlies Schreib-, Büro- und Bücherzimmer dran und erst dann geht sie zu uns ins Schlafzimmer.
Plötzlich hör ich ihre fragende Stimme: *„Frau Berger?"* dann immer ängstlicher: *„Frau Beeerger?"* Danach war es eine Weile still und dann kommt sie ganz nah ans Bett und schreit leise auf: *„O Gott, nein, das kann nicht sein. Sie war doch noch..."*
Offensichtlich hat sie auf den roten Knopf am Telefon neben dem Bett gedrückt. Den kenn ich ja schon,

Charlie hat ihn manchmal drücken müssen, wenn sie wieder ihre Herzanfälle bekam.
Was war los mit Charlie - mir wurde ein bisschen unheimlich - sie ist zwar schon öfter ins Krankenhaus gekommen, aber da hat sie meist nochmals kurz etwas zusammen gesucht und vor allem hat sie sich von mir verabschiedet.
Wenige Minuten später kamen vier Männer in Rotweiß mit verschiedenen Geräten. Sie drehten Charlie um, untersuchten sie und dann sagte einer der Männer: *„Da ist nichts mehr zu machen!“*
Was heißt das? Was willst du damit sagen? Doch obgleich ich nichts verstand, wusste ich, etwas sehr Schlimmes war geschehen. Ich wurde ziemlich unsanft auf den Nachttisch befördert - ‘siehst du Charlie, nun bin ich doch in deinem Bett gewesen und die Männer haben überhaupt nicht gelacht.’
Kurz darauf waren eine Menge Leute im Zimmer - aber Charlie rührte sich noch immer nicht. ‘Bitte, bitte, sag doch was!’ Ich wurde immer verzweifelter. Und dann zog die Pflegerin Ulla, die ich besonders mag, weil sie mich immer so lieb anschaut, als würde sie wissen, wer ich bin, d. h. wie wichtig ich für Charlie bin, meine Freundin vorsichtig aus, und fing an, sie zu waschen.
‘CHARLIE - was machen die Leute mit dir?’ Ich bekam kaum mehr Luft vor lauter Angst. Ich hörte, wie jemand sagte, *„wir verständigen gleich ihren Sohn.“*
Warum denn - warum soll der Claudius kommen?

Jetzt zogen sie Charlie ein wunderschönes Hemd an, das sie aus ihrem Schrank geholt hatten, kämmten sie und falteten ihre Hände, deckten sie vorsichtig zu. Ich fühlte mich entsetzlich hilflos - was war geschehen? Bitte - was war geschehen. Warum sagt mir das niemand ...

Es schien eine Ewigkeit vergangen und dann stand Claudius am Bett von Charlie und - er weinte! Ulla legte ihm sanft den Arm um die Schultern und sagte leise: *„Sie ist völlig ruhig eingeschlafen."*

'Das tut sie immer, gestern war sie ja noch wach! Charlie, du brauchst nur deine Augen aufzumachen, das kann doch nicht so schwer sein! Mach schon, bitte!'

Jetzt hatte Claudius mich entdeckt. Er nahm mich in seine großen Hände. *„Armer Espi, du hast bestimmt neben Charlie gelegen und hast furchtbare Angst gehabt."*

'Warum soll ich denn Angst gehabt haben? Sie hat mir wie jeden Abend gute Nacht gesagt, hat mich zugedeckt, hat noch ein bisschen Radio gehört und dann das Licht und auch die Musik ausgemacht und ist eingeschlafen. Und ich auch.'

Aber Claudius verstand mich nicht, er war ja auch nicht Charlie oder Domi. Nur wir verstehen uns - meistens.

„Aber du brauchtest keine Angst zu haben, Charlie hat nicht gelitten. Sie ist ruhig gestorben."

Gestorben? Gestorben! Charlie ist tot? NEIN! Domi, bitte, bitte Domi komm ganz schnell, sag mir, dass es nicht wahr ist. Wir wollten doch noch so oft zu dir

nach Berlin fahren. Es war doch trotz der Entfernung fast wieder wie früher geworden.
Jetzt sagte Claudius noch: *„Ich habe Julia von München aus angerufen. Sie kommt mit dem Flieger, und dann nimmt sie dich mit."* Sollte das etwa ein Trost sein?
Es wurde Nachmittag, bis Domi kam. Sie beugte sich über Charlie und küsste sie sanft auf den Mund und dabei hat sie fürchterlich geweint. Allmählich begriff ich, was „sie ist gestorben" heißen soll. Charlie kommt nie, nie mehr wieder.
Endlich hat Domi mich bemerkt - unsagbar zärtlich hob sie mich hoch - *„armer Espi und du warst völlig allein, als das geschah."*
Aber es geschah doch gar nichts. Begreift ihr das denn nicht? Ich hab es ja noch nicht mal bemerkt. Bin ich jetzt so schuldig wie der Johann bei seiner Frau?' Aber diesmal verstand Domi meine Frage nicht - wie auch, das Zimmer war ja voll mit ihrer Trauer.
Unversehens schien ihr einzufallen, dass sie noch etwas vergessen hatte. Sie griff in ihre Reisetasche und holte - den Puntito hervor. Ich konnte mich nicht freuen, wir schauten uns nur traurig an - mit einem Blick hatte mein Freund verstanden, wie es in mir aussah und wie schrecklich die letzten Stunden gewesen waren.
Die Nacht über saßen wir am Bett von Charlie - die Domi, der Claudius, der Puntito und ich. Sie hatten lauter Kerzen angezündet. Von unserem Atem bewegten sich die Flammen und es sah aus, als würde Charlie lächeln. Vielleicht lächelte sie ja auch wirklich.

Sie hat mir einmal einen Spruch vorgelesen, der ihr so gut gefallen hat und deshalb wollte ich ihn mir unbedingt merken. Wie hieß er noch? Ach ja: *'Bei meiner Geburt haben die Menschen gelacht und ich habe geweint. Wenn ich sterbe, weinen die Menschen und ich werde lachen.'*
Lachst du wirklich liebe, liebe Charlie? Und warum kann ich das nicht hören? Weil Sterben was ganz und gar Einmaliges ist - das nur demjenigen gehört, der stirbt?
Es wurde eine lange Nacht - Claudius hat Musik aufgelegt und zu Domi gesagt: *„Sie liebte dieses Nocturne von Schubert so sehr, es soll sie begleiten. Bist du damit einverstanden?"* Domi nickte nur und ich erinnerte mich daran, als ich die Melodie hörte, wie oft Charlie sie vor allem beim Schreiben gehört hatte.
Keiner schlief - haben wir über Charlie gewacht? Damit niemand ihr etwas antun kann, jetzt, wo sie sich selbst nicht mehr wehren konnte?

Am nächsten Morgen kamen zwei Männer in schwarzen Anzügen, schwarzen Krawatten und schwarzen Hüten, die sie allerdings abnahmen, als sie ins Schlafzimmer traten. Sie hatten einen großen grauen Sack mit einem langen Reißverschluss dabei. Domi lief aus dem Zimmer, nahm mich und den Puntito mit und sagte zu Claudius: *„Entschuldige, das kann ich nicht mit anschauen."*

Sie ging auf Charlies wunderschöne Terrasse, ich dachte daran, wie meine Freundin mir vor ein paar Tagen erst das grüne Blatt gezeigt hat - noch so voller Leben und Hoffnung.
Anscheinend hatten sie Charlie in diesen Sack gelegt, sie trugen ihn durch ihr Wohnzimmer, Claudius begleitete sie zum Aufzug und wie wir später sahen, in einen schwarzen Wagen.
War das das Ende?

*

Die nächsten Tage waren nur hektisch und niemand hatte für irgendetwas Zeit. Der Johann war noch gekommen und die Familie vom Claudius, mehr Menschen gab es nicht mehr in Charlies Leben - aber es hat den wichtigsten gegeben - meine Domi. Sie trug mich und Puntito jetzt immer in ihrer großen Umhängetasche mit sich - es kam mir vor, als wollte sie, dass wir alles ganz nah miterleben sollten. Charlie wurde nochmals in einem besonderen Zimmer in einem fremden Haus - Domi nannte es Beerdigungsinstitut - aufgebahrt. Während Claudius anscheinend alles Notwendige erledigte, blieben Domi und wir bei Charlie und manchmal kam auch Johann. Aber er hatte Charlie ja nicht so lange gekannt, so begleitete er oft Claudius und erzählte danach Domi, welchen Sarg sie ausgesucht hätten und welches Grab und wann die Beerdigung sein sollte.

Was ist ein Grab - wohin kommt Charlie? Keiner antwortete. Wie auch?

Am Morgen der Beerdigung ging Domi nur mit mir nochmals in die Kapelle, wie sie den kleinen Raum nannte. Und dann sagte sie etwas, das ich längst vergessen hatte. *„Espi, erinnerst du dich an mein Versprechen, das ich Charlie einmal vor Jahren gegeben habe, als sie mich darum bat?“* Ich spürte, dass sie mich kaum halten konnte, so sehr zitterten ihre Hände.
'Versprechen? Nein, du hast so einiges versprochen oder - oder' und dann fiel es mir ein! 'Domi, du machst einen Scherz - das kannst du gar nicht ernst meinen.'
Aber sie hatte leise weitergesprochen. *„Ich habe Charlie damals gelobt, dass ich dich zu ihr in den Sarg legen werde, dass du sie in den Himmel begleiten kannst.“*
'In den Himmel - wo ist das denn? Und die Charlie kann ja gar nicht mehr reisen. Domi, du wirst doch nicht ...'
Aber anscheinend war zwischen uns die Verständigung, die wir so oft erlebt hatten, abgerissen. Sie trat dicht an den Sarg heran, gab mir einen Kuss und fing schrecklich an zu weinen: *„Espilein was soll ich denn tun? Ich kann mir gar nicht vorstellen, dass ich - dass ich dich nie mehr sehen werde, dass auch du nicht mehr da bist. Aber ich hab es Charlie doch versprochen. Wenn du bei ihr bist, ist sie nicht so allein.“* Schluchzend drückte sie ihr tränennasses Gesicht an mich ... und dann legte sie mich neben Charlie.

'Domi, du holst mich doch gleich wieder raus, versprochen? Ich sollte doch mit Puntito und dir nach Berlin, hat mir Claudius gestern noch gesagt!
Domi - DOOOMI - du lässt mich doch nicht wirklich - Domi, das kannst du nicht machen. Der Johann hat mich doch verewigt, erinnerst du dich - damals in seiner Hütte, als er mich malte. Da kannst du mich hier nicht einfach beerdigen. Domi - mir gefällt das Leben - bitte, bitte, tu mir das nicht an.'
Aber Domi schien sich ein wenig gefasst zu haben. Sie weinte nicht mehr, nur ihre Stimme bebte so sehr, dass sie kaum sprechen konnte. *„Espi - mein Kleiner, schau, jetzt wirst du nie mehr allein sein. Charlie ist bei dir und nachher werden bunte Blumen auf dich regnen und Erde und dann bist du Charlie ganz nah und - und ihr seid für immer zusammen."*
'Aber Charlie ist tot - hast du nicht verstanden - sie ist tot! Ich aber lebe, ich kann noch lieb haben und denken und fühlen und mit Puntito sprechen und mit dir auch, wenn du es zulässt.'
In diesem Augenblick kamen zwei Männer. *„Soll der Kleine drin bleiben?"*,fragten sie. NEIN - NEIN! Aber sie bekamen meinen Schrei nicht mit, sondern legten den Deckel auf den Sarg, und ich hörte, wie sie ihn zuschraubten. Ich hab nur noch gesehen, wie Domi sich weggedreht hat.

Ich glaube, ich war bewusstlos geworden, denn ich merkte erst wieder etwas, als der Sarg ans Grab getragen wurde. Ich weinte, ich flehte, ich schrie nach

Puntito, nach Johann, nach Claudius, auch nach Domi, obgleich sie mich ja hier reingelegt hatte. Aber niemand machte den Sarg wieder auf. Ich spürte, wie wir langsam immer tiefer sanken und dann hörte ich Claudius Stimme, er sprach von Charlie und Gott und dass sie in Frieden ruhen sollte.

'Das kann sie ja auch, aber ich doch noch nicht.'

Niemand hob den Deckel, es blieb dunkel und schrecklich eng. Dann vernahm ich erst ein sanftes Geräusch, das waren gewiss die Blumen, von denen Domi gesprochen hatte und dann ein Poltern - das konnte nur die Erde sein. Ich weinte, ich schrie:

'Domi bitte hol mich raus, Domi, ich hab dich doch so lieb - Domi das kannst du nicht mit mir machen! Ich hab solche Angst vor der Dunkelheit!"

Plötzlich hörte ich eine Stimme - das - das war doch Charlies Stimme! Sie klang anders als sonst, wie durchsichtig und gläsern, aber es war ganz eindeutig die Stimme meiner Charlie. Leise und voller Liebe sagte sie: *„Espi, du brauchst nicht mehr zu weinen. Wir sind doch zusammen und ab jetzt kann uns niemand und nichts mehr trennen."*

'Charlie, verstehst du nicht? Du bist tot und ich bin lebendig und soll jetzt hier unten bleiben, es ist so dunkel und ich habe Angst, ich habe solche Angst', und gleichzeitig dachte ich, das mit Charlies Stimme hab ich mir bestimmt nur eingebildet.

Aber - dann hörte ich sie wieder: *„Espi, du brauchst keine Angst zu haben. Du bist nicht allein - ich bin bei dir. Und weißt du was? Ich kann dich jetzt auch sprechen* *hören. Ist das nicht wunderbar? Und, glaub mir, gleich vergeht die Dunkelheit und dann wird es ganz hell - es ist ein Licht, wie wir es noch nie gesehen haben.“*

'Charlie, woher willst du das denn wissen?' Aber noch als ich das fragte, wurde es wirklich hell, es war ein Leuchten und ein Glühen und Glänzen und in dieses Licht hinein sagte Charlie noch: *„Und eines Tages sind wir auch nicht mehr von Domi oder Claudius und Johann getrennt - eines Tages sind wir alle zusammen.*

'Wird der Puntito auch kommen?' fragte ich zaghaft.

„Ja, liebster Espi, der Puntito auch ...“

ENDE

Die Autorin

Hilde Möller, geboren in den Wirren des dritten Reiches, lebte ab ihrem 21. Lebensjahr im Ausland - erst in Belgien, dann in Persien, der Türkei und 28 Jahre mit ihren sieben Kindern in Spanien. 1992 kehrte sie nach Deutschland zurück und hatte endlich Zeit, ihrer Liebe zum Schreiben nachzugehen. Bisher sind vier Bücher von ihr erschienen. Heute lebt Hilde Möller in Mainz.

Weitere Bücher:

den Himmel mit Händen fassen
Alkyon Buchverlag Irmgard Keil
ISBN 978-3-934136-30-4

Schatten umarmen
Kranichsteiner Literaturverlag
ISBN 3 - 929265-13-3

Und die Zeit stand still
Alkyon Buchverlag Irmgard Keil
ISBN 978-3-934136-31-1

leben
Alkyon Irmgard Keil Verlag
ISBN 978-3-934136-65-6

Danke

Ich danke allen, die mich bei diesem Buch unterstützt haben.
Unserer Gruppe 95 für ihre konstruktive Kritik.
Und vor allem meiner Tochter Sabine und meinen Freundinnen Hedi Hummel und Karina Brinkmann für ihre unermüdliche Lektoratsarbeit.